こんなに溺愛されるなんて聞いてません！

（私限定）肉食秘書にがっつり食べられました

★

ルネッタブックス

CONTENTS

第一章

各駅停車しか停（と）まらない小さな駅を降りると、そこから北に向かってまっすぐ商店街が延びている。商店街の町並みを眺めながら歩いていくと、やがて店はなくなり閑静な住宅街が見えてくる。その商店街と住宅街の境目にあるのが、この神社だ。

創建時期は不明という歴史あるこの神社で、厳（おごそ）かに結婚式が行われている。

紋付きの袴（はかま）を身に纏（まと）った新郎は長身で、恐ろしく顔の整った美男子。その隣にいるのは、純白の白無垢（しろむく）を着ている新婦だ。綿帽子ではなく洋髪で、髪をサイドに纏めて白い花をあしらっている姿が美しく、目を引く。

境内を分断するように白い砂利の上に敷かれた赤い絨毯（じゅうたん）。その上を新郎新婦が並んで歩き本殿まで向かう。時折お互い見つめ合って微笑（ほほえ）む姿が幸せそうで、それをすぐ後ろで見ている私は、とても幸せな気持ちになる。

なんですぐ後ろにいるのかというと、私が新郎新婦の後ろで彼らに赤い大きな和傘を差して歩く、この神社の巫女（みこ）だからだ。

――いいねえ、昔から知っている人の参進の儀……。

参進の儀というのは、いわゆる花嫁行列のこと。斎主を先頭に巫女、新郎新婦、親族が列を成して本殿に進むことを言う。

この透き通るような青空の下、参列者以外にもこの結婚式を一目見ようと神社には多くの人が集まった。神社が賑(にぎ)わうことはこの上ない喜びだ。

しかも新婦は、私と幼少の頃から付き合いがある日影(ひかげ)道場の孫娘、日影佑唯(ゆい)ちゃんなのだ。

――佑唯ちゃん綺麗(きれい)だわあ……もともと可愛(かわい)いのは知ってるけど、今日はなんだか神々しいくらい素敵……本当に本当におめでとう……!!

これまで他人の結婚式など何度も経験しているのに、古くからの知り合いの花嫁姿というのはやはり特別だ。だからだろうか、いつもより感情がこもってしまい、気を抜くと目がうるうるしてきそうだった。

結婚式で祝詞を上げているのは、斎主であるこの神社の宮司である私の実父。そのサポート役として巫女の装束である白衣と緋袴(ひばかま)に身を包んでいる娘の私――久徳(きゅうとく)凌(しの)は、この神社で日々、巫女としてご奉仕している。

というか、この結婚式が行われている神社が私の実家でもあるのだ。

入場後、神前に向かい右側に新郎、左側に新婦が座る。一同が起立したあと、斎主である宮司の父が祓詞と清めのお祓いを行う。これを修祓という。

祝詞奏上を済ませると、三献の儀と呼ばれる三三九度の杯。杯は大中小と三種類あり、新郎新婦で同じ盃から御神酒を飲む。このとき巫女である私が二人の盃に御神酒を注いだ。

三献の儀の間、場内には雅楽の音色が響く。参列者は息を潜めて二人を見守っていた。しかしこの最中、佑唯ちゃんのお父様ただ一人が嗚咽を漏らしていて、つられて私までうるっとしてしまった。

誓詞奏上という新郎新婦の誓いの言葉が終わると、神楽奉奏。私の出番がやってくる。

――急がなくちゃ。

これから私ともう一人の巫女が本装束を身につけ、平和を願う「浦安の舞」を舞うのである。

何度となくやっていることだけど、知り合いの結婚式だと緊張感が全然違う。とにかく手順を間違えないことだけ考えて、なんとか無事に舞を終えた。

玉串拝礼、指輪の交換、親族杯の儀などの儀式をかわし、斎主である父が結びの言葉を述べ、式は滞りなくすべて終わった。

式を終えた新郎新婦の二人を私が先導して、ゆっくりとした歩調で控え室に戻る。

親族や特に親しい友人しかいないひっそりとした結婚式だったけれど、主役の二人の疲労はそれなりだったようだ。

「き……緊張したあ～～!!」

控え室に戻った途端、新婦の佑唯ちゃんが白無垢のまま脱力した。でも、衣装を汚さないように直立で踏ん張っているのはさすがである。それを見て、新郎の四十辺澄人さんが笑顔になる。

「緊張したって割には全然顔に出てなかったけどね。どっちかっていうと私の方がヤバかったな。三三九度の杯を持つ手が震えて、御神酒がこぼれるかと」

言いながら震えていたという手をひらひらさせているこのお人。実はとんでもない名家のご当主でもある……というのを、つい最近佑唯ちゃんから聞いた。

はっきりいって名家とか御曹司とか、そういうのとは縁のない人生を送ってきた私にはあまりピンとこない話だった。もちろん、経営している会社名を聞いたときは驚いたけど、それくらい。

けど、結婚するまでに佑唯ちゃんが狙われたり、挙げ句の果てには拉致されそうになったりなど、現実では起こりえないような出来事もあったと聞き、唖然とした。身近でそんなことが起きているなんて、夢の中の話みたいだった。

でも、澄人さんは彼女の実のお祖父様が営んでいる古武術道場の門下生。そういった事情もあり、武道の達人である澄人さんが佑唯ちゃんを守ってくれたという、なんともドラマチックな展開に私は胸を打たれた。いや、もちろん狙われたり、拉致されたりなんかまっぴらごめんですが。

——まるでドラマみたいな展開……!!　苦難を乗り越えての結婚なんて、素晴らしすぎる……。

そんな二人が、まさかうちの実家の神社で結婚式を挙げてくれるとは思わなかった。

大企業の御曹司なら、もっと大きなホテルや結婚式場で式を挙げてもおかしくないのに、最初はなぜうち……?? という疑問でいっぱいだった。

なんせ本殿も小さいし、親族が全員入れるような広い待合もないのだ。澄人さんが御曹司と聞いて、話を受けたもののどうしたらいいか本気で悩んだ。でも、澄人さんが親族の参列者も極力減らし、佑唯ちゃんの希望を叶（かな）えるよう段取りを組んでくれたお陰で、無事に今日という日を迎えることができたのである。

ちなみにうちの神社は本殿こそあまり大きくはないが、敷地は結構広い。緑が溢（あふ）れ、鯉（こい）や鴨（かも）がいる池もある。

とにかく歴史だけは古く、昔から商店街の中にあるので、地域との結びつきも深い。その関係もあり、同じ町内にある商店街でお父様が骨董店（こっとうてん）を営んでいる佑唯ちゃんは、子どもの頃からよく知っている子だった。

町のお祭りや、商店街の会合などではお互い父に連れられ、顔を合わせることが多かった。それだけでなく、年が近い子が商店街に少なかったという事情もあり、彼女とはすぐに仲良くなった。

それが縁となり、佑唯ちゃんはお正月に参拝に来るのはもちろん、あまりにも人手が足りない忙しい時期には、バイト巫女として手伝ってくれたこともあった。

こう思っているのは私だけかもしれないが、年下で兄弟姉妹のいない彼女は、ずっと私を姉のように慕ってくれていたように記憶している。

そんな佑唯ちゃんが、ある日いきなり我が家にやってきた。

『凌ちゃん、あのね。実は結婚することになって』

佑唯ちゃんから結婚することを聞いて、まず驚き。驚きつつもおめでたいことなので、すぐに心の底から嬉(うれ)しさがこみ上げてきた。

『ええっ!!　そうなんだね、おめでとう!!』

子どもの頃からよく知っている彼女の結婚は、まるで身内のことのように喜ばしい。

私が興奮し始めたとき、笑顔だった佑唯ちゃんがちょっとだけ申し訳なさそうな顔をしたので、一瞬何事かと思った。

『でね、凌ちゃん。実は相談があってね？』

『え？　相談？　といわれても、私、未婚だから結婚に関しての相談事には適してないと思うんだけど……』

相談に乗ってあげられないことを申し訳なく思っていたら、佑唯ちゃんが違うの、と苦笑した。

『実はね、結婚式を凌ちゃんちで……この神社で挙げたいんだけど……いいかな？　彼も、私が挙げたいならいいよって言ってくれたから』

頬(ほお)を桃色に染めながらお願いされ、考える間もなく頷(うなず)いていた。

『本当に？　いいよいいよ、もちろんだよ!!　こちらこそありがとう〜。でも、本当にいいの？　うちの神社よりも大きいところはたくさんあるけれど……』

『ううん、私はここがいいの。緑がたくさんあって素敵な場所だし、子どもの頃からよく知ってて湊ちゃんがいるし。昔から、結婚式を挙げるならここがいいなって思ってて……だから、是非お願いします』

宮司である父にも直接佑唯ちゃんがお願いをすると、父はまるで自分の娘のことのように彼女の結婚を喜んだ。ましてやここでやりたいなんて言われたら、そりゃ喜びもひとしおだろう。

実は、結婚相手である澄人さんのことを聞いたのは、そのあとのことだった。てっきり一般の人だと思っていたら、私でも名前をよく知る大企業を経営する一族という事実に二度目の驚き。それから数日後に黒塗りの高級車に乗った澄人さんが、秘書を伴ってうちに挨拶にやってきてまた驚く、という……。

あんなに短期間で驚きまくったのは初めてのことだったと思う。

「今日はどうもありがとうございました」

「こちらこそ、ありがとうございました」

式が終わり、衣装を脱ぎ私服に着替えた佑唯ちゃんと澄人さんと挨拶を交わした。これから二人は披露宴の会場となるホテルへ移動となる。

披露宴は結婚式とは違い、かなり多くの人が参列するのだそうだ。人数を聞いたときは目眩(めまい)がしそうになったが、これが御曹司と結婚するということなのだろう。

鳥居の近くに横付けされた黒い高級セダンに、まず佑唯ちゃん側のドアが運転手さんによって開けられた。

「じゃ、凌ちゃん、ありがとうね！　また近々神社にお参りさせてください」

「うん、お待ちしてます。佑唯ちゃん本当におめでとう。お幸せにね」

笑顔で手を振り車に乗り込んだ佑唯ちゃんに、私も手を振った。続いて澄人さんが私と父に挨拶し、佑唯ちゃんの隣に乗り込む。

後部座席に並んで座っている二人を温かい気持ちで見つめていると、不意に背の高い男性が私に近づいて来てハッとした。

背が高いだけでなくスタイルもいいこの男性は、ここ最近私もよく顔を合わせていたんだ。

名前を仲井戸（なかいど）さんという。

彼は、澄人さんの秘書だ。

「久徳さん。今回は大変お世話になりました」

澄人さんには秘書の男性が何人かいるそうなのだが、そのうちの一人である石内（いしうち）さんという男性は、すごく気さくで楽しい人だ。対してこの仲井戸さんという人は寡黙。最初に会ったときは、石内さんとは対照的な人という印象だった。

そんな仲井戸さんが今回の結婚式にあたり、多忙な澄人さんに代わり何度もうちに足を運んでくれた。

最初はお互い必要なことしか話さず、雑談もできない雰囲気で緊張しっぱなしだった。でも、仲井戸さんがうちに来るたびに美味しいお土産を持ってきてくれ、それをきっかけにぽつぽつと雑談ができるようになっていったり。やっと最近、普通というレベルで話ができるようになったところだった。

「こちらこそ、今回はお忙しい中何度もご足労いただきありがとうございました」

「いえ、こちらの都合で時間外にもご対応していただくことになり、申し訳ございませんでした。でも、お陰で大変助かりました」

「いえいえ、そんな。たいしたことではありませんから」

謙遜すると、仲井戸さんの顔に笑みが浮かんだ。

「私も今日のお式を近くで見せていただき、とても温かい気持ちになりました。とても……よいお式でした」

「ありがたいお言葉、感謝いたします」

秘書さんでもそんな風に思うのねー、と興味深かった。うんうん、と納得していると、仲井戸さんが思い出したように一言付け足した。

「それと、久徳さんの舞も素敵でした。つい、見入ってしまいました」

舞……

本装束を着けて舞った浦安の舞。あれを見てくれていたのか。

これまでに何回もやってきたことだし、今更照れることでもない。でも、仲井戸さんに見られていたというのは、なんとなく気恥ずかしい。

「えっ……あ、ありがとうございます……」

仲井戸さんに素敵、見入った、なんて言われてしまうと、こっちはどう反応していいか分からなくなる。

というのも、この仲井戸さんという人はかなりの美男子だからだ。

新郎の澄人さんも綺麗な顔をしているが、この人もそれに負けじと劣らぬイケメンで、最初に澄人さんの代理で仲井戸さんがうちの神社にやってきたときは驚いた。思わず
【またイケメンが来た】

と、口に出してしまいそうになったくらい。

やっとこうやって話ができるようになって、直近の打ち合わせでは仲井戸さんに会えるのが結構楽しみだった。でも、これでもう会うことがないと思うと、ほんのり寂しかったりする。

――まあ、これも一期一会かな。

仕方ない。残念だけど、これで見納めだ。

「それでは、私はこれで」

「はい」

折り目正しく頭を下げ、仲井戸さんが澄人さん達が待つ車に戻った。

「お幸せに」

車の中で手を振る澄人さんと佑唯ちゃん。そして運転席にいる仲井戸さんが私に目線をくれながら軽く会釈をし、車は私の前を通りすぎていった。

その車が見えなくなるまで手を振り続けてから、私はいつもの日常に戻るのだった。


久徳凌、二十九歳。地元の大学の国文学科を出て以来、ずっと巫女として実家の神社にご奉仕する生活を送っている。

私はそこそこ歴史のある神社の娘だが、跡取りではない。跡取りは現在この神社で禰宜（ねぎ）として働いている弟の景（けい）である。

禰宜というのは神職の職名のひとつで、一般的にその神社の長が宮司、その下に禰宜、権禰宜（ごんねぎ）と続く。

うちの神社の場合、別に男性が跡を継がねばならない、というわけではない。そのあたりは私が巫女になる前、自分で跡は継がないことを決めた。

それに関しては景が子どもの頃から跡を継ぎたいと言っていたのもあるし、将来的に結婚する相手によって自分はどうなるかがわからない……と漠然と思っていたのも理由の一つだ。あと、祝詞を読んだりするよりは、自分にはサポート役の方が合っていると考えていたから、という理由もある。

でも、実家である神社は子どもの頃から大好きな場所だし、例え結婚してもずっと関わっていきたい。

そう思ったので、結局神職には就かずとも巫女として働いているのだが。

巫女の役割とは社務所で札所の担当をしたり、書道師範の腕前を生かして御朱印を書いたり、祈祷（きとう）する父や景のサポートをしたり、など。そのほかにも境内の美化に努めたり池の鯉の餌やりなどもやる。

実際にやってみると、神職として働くより、こういう仕事の方が自分には合っていると思う。

そんな私も二十九歳になった。これといって結婚の話もなく淡々と日々を送っていたのだが、この一年くらいで氏子の皆さんからついに何件か縁談をいただくようになってしまった。

そうか、自分もそういう年齢になったか……なんて、いただいた写真や釣書を見ながら他人事のように思っていたが、知り合いで年下の佑唯ちゃんが結婚したのは、結構響いた。

——ぼちぼち自分も、そういうことを考えていかないといけないのかも……

いただいたお見合い写真を見ては、自分の将来を考える日々が続いている今日この頃。

でも、どんなにいい人だと紹介されて写真や釣書を見ても、なかなか結婚したいと思えるような男性はいない。紹介してくださる方に対して、心底申し訳ないとは思っているのだが、今日のこの日までお見合いを断り続けている状況なのだ。

——このままじゃいつか、お見合い話すらこなくなっちゃうかも……

それはまずいと、最近では若干の危機感すら生まれてきた。

ちなみに恋愛経験がまったくないわけでもなく、学生時代に一人と巫女になってから一人の合わせて二人、彼氏と呼べる男性がいた。

相手に付き合ってくれと言われて付き合ったのだが、なんとなく価値観が一致しなかったり、一緒にいることに疲れてしまったりで、結局どちらの男性とも数ヶ月付き合っただけでお別れしてしまった。その経験のせいなのか、それ以来あまり男性とお付き合いしたい、という気持ちにならなくなってしまった。

別に男性が嫌いとか苦手とかではない。でも、一緒にいて気を遣うくらいなら、一人でいいと思うのは自然なことではないだろうか。

——とにかく、平和なのがいい。平和が一番だ。

日頃神社にいるせいもあり、常に心の平穏を望んでいる気がする。

そして今日も私は神に世界の平和と、我が家の平和を願う。これが日課となっていた。


「おい、凌。今夜時間あるか」

小学校の教師をしている母の代わりに夕飯の準備をしていたら、父に声をかけられた。

「時間？　夕飯作るくらいで他に用はないけど」

今日の夕飯はご飯と豆腐とネギの味噌汁(みそしる)、焼き魚と近所の農家さんがくださったじゃがいもで作る肉じゃが。我が家は父の好みもあり、基本的に和食が多い。

ご飯はもう炊いているし、お味噌汁もできた。魚は焼けば終わりで、あとは肉じゃがを作るだけだ。

エプロンで手を拭きながら返事をすると、父が困り顔になる。

「悪いけど七時からの商店街の会合に代理で出てくれないか？　行くつもりだったんだけど、急にお客様が来ることになってな」

「あー、なんか商店街にマンションができるっていうのの説明会やるっていうやつ？　いいけど、私より景が行ったほうがいいんじゃないの？」

「あいつ昼に食べたものが体に合わなかったらしくて、さっきからトイレばっか行ってるんだよ。あれじゃ頼めない」

景はお腹が弱くて、ちょっと体に合わないものを食べるとすぐにこうなるのだ。そういう事情であれば私が行くしかない。

「そっか。分かった、代わりに行ってくるよ」

年配の人が多い商店街の会合など、年頃の娘はあんまり行きたがらないかもしれない。でも、私の場合はほぼ皆さんうちの氏子だし、子どもの頃から見知っている顔ばかりなので、特別気を遣わない。だからこうやってよく父の代理で会合に出ることはままある。

というわけで夕飯の準備を終えた私は、会合が行われる地区の公民館に徒歩で向かった。

同じ商店街にある公民館に到着すると、すでに会場となる場所の明かりが点いていて、すでに数人席に着いている。

すっかり顔見知りの区長に代理で来たと声をかけ、会場に置かれたパイプ椅子に腰かけた。

今ここに集まっているのは、個人で商店を営む人達がほとんど。地方では郊外にあるショッピングモールに人が集まり、昔からある商店街が衰退しつつあるなんていうニュースをよく見るが、うちの商店街だって他人事じゃない。

個人商店の跡を継ぐ人も減り、今の代で店をたたむという話をここ数年何度も聞いた。実際、商店街には空き店舗がぐっと増えた。

今回はそういった事情で空き店舗になった古い建物を取り壊し、マンションを作るという計画なのだそうだ。

空き店舗のまま建物が古くなっていくより、マンションができれば若い世代も増えるし、商店街も活気づく。そういった期待を込めて、取り壊される建物の地主達はこの計画を進めることにしたのだそう。

商店街の人達もほぼ同じ意見で、概ね(おおむ)この計画には賛同しているらしい。しかし、父から聞いた話だと、やはりこういった考えに反対だという人が数人いるのだそう。

今日は反対派の人達に計画を理解してもらうための説明会だという。

今のところ顔見知りの人ばかりで、誰が賛成で反対なのかがわからない。あまり揉(も)めたりされると場の空気も悪くなるし、できるだけ穏便に事が済めばいい。そう願いながら、さっき区長から渡された建設計画に関するプリントを眺めていた。

予定時間が近づき、説明をするデベロッパー側の担当者が数人やってきた。それを目で追っているると、ずっと空いていた私の隣に誰かが座った。反射的にそちらを見ると、思いがけない人がいて目を疑った。

「え？　仲井戸さん⁉」

なんと、仲井戸さんが私の隣に座っているではないか。

仕事帰りなのか、格好はいつもと同じダークな色合いのスーツ。でもネクタイをしていないし、一番上のボタンを外しているので、これまでと印象が違う。

名前を呼ばれた仲井戸さんは、私の顔を見ても表情を変えない。

「こんばんは。やはり久徳さんでしたか」

「やはり……って。後ろ姿で私だってわかったんですか？」

「ええ。久徳さん、髪が長いので」

「あ……そ、そうですね……」

彼の言うとおり、私は髪が長い。別にこだわりがあるわけではないが、ある程度長い方が舞を舞うときにふわっと髪が揺れて、多少は様になるかと思い伸ばし始めたのだ。

そんな考えから髪を伸ばし始めたら、いつの間にか腰に届くくらいの長さになっていた。それからはこの長さをキープしているが、これだけ長いと確かに目立つかもしれない。

いや、それよりもなんで仲井戸さんがこの集まりに顔を出したのか。そっちの方が気になる。

「あの、仲井戸さん。なぜここに……」

声を潜めつつ尋ねると、彼も同じように声を潜めた。

「実はこの商店街に親の持ち物がありまして。本来は父が来るはずだったのですが、腰が痛くて無理だというので代わりに。もしかして久徳さんもお父様の代理ですか？」

――親の持ち物……？　仲井戸さんのご両親も商売をしているのか……？

「はい、そうなんです。それにしても、仲井戸さんがこの商店街と関わりがあるなんて驚きました。ご実家がなにかご商売をされてらっしゃるんですか？」

私が尋ねると、仲井戸さんが小さく首を横に振った。

「いえ。商売はしていないんですが、この商店街に親が管理している物件があるんです」

ははあ、なるほど。そういうことか。

「そうだったんですね。まさか仲井戸さんとこんなところでお会いするとは……先日の打ち合わせのときに言ってくだされればよかったのに」

最初の頃など、結婚式関係の会話が終わるとお互い言葉がなく、場が静まり返ってしまうことがあった。そんなときに商店街の話題とかがあれば、多少なりとも話が続いたのに。

答えを待っていると、仲井戸さんが私から一瞬視線を逸らし、目を伏せた。

「お恥ずかしい話ですが、この商店街にうちの持ち物があるとは知らなくて。つい最近実家に顔を出したときにこの説明会に行ってきてくれと頼まれて、初めて知ったんです。なんせ父が管理している物件はいくつもあるので……あ、始まるみたいですね」

デベロッパー側の担当者がマイクを持ち、話し始めた。でも、私の中では説明会よりもさっきの仲井戸さんの言葉がリピートされていた。

――息子である仲井戸さんが把握しきれないくらい物件を所有してるってこと……？　そ、それはどういう……もしかして仲井戸さんのご実家って、資産家とかなの……？

ぐるぐる考えている間も説明会は続く。デベロッパー側の担当者は計画の内容を詳細に説明し、住民は皆黙ってそれに聞き入っている。

事前に詳細が書かれた冊子はもらっているし、内容に大きな変更などはない。だから皆、とくに反論もせず、静かにしていた。ところが、説明も終盤という頃になり、いきなり後ろの席から大きな声が飛んできた。

「おい！　俺はこんな説明じゃ納得しないからな!!」

声を荒げたのは五十代後半から六十代くらいの男性だった。短髪の白髪頭に、無精髭。同じ商店街なら大概の人は見たことがあるのに、この男性に見覚えがない。パイプ椅子の背に凭れ腕を組み、足を組んでいるその姿は横柄そのもので、機嫌が悪いことがすぐにうかがえる。

――ええ……誰だろうあの人。商店街にこんな人いたっけ……

訝しがっていると、その男性がガタンと音を立てて立ち上がった。

「おたくのマンションが建つと、うちの日当たりが悪くなるんだよ！　それに静かなところを気に入って家を買ったのに予定がめちゃくちゃだ。どうしてくれるんだよ」

男性が声を荒げると、周囲にいる商店街の人達の声が聞こえてきた。

「まただよあの人……。この前の説明会でも噛みついてたよね」

「家買ったっていっても最近でしょ？　しかもこの計画とはあんまり関係ない場所みたいだし」

「あんなのただのクレーマーだよ」

聞こえてきた内容で、いろんなことを察知した。

——なるほど……あんまり関わっちゃいけないタイプの人なのかなあ……

私がこんなことを考えている間も、デベロッパー側の担当者が男性に対して丁寧に説明をしていた。それでも納得がいかない様子の男性は、憮然としたまま腕を組んで再び椅子に座った。説明が終わるまでずっと後ろでブツブツ言っていたのが非常に気味が悪い。そのせいで会場内もざわつき、なんとなく雰囲気が重苦しくなってしまった。

この状況を家に帰ったら父に報告せねば。と考えているうちにデベロッパー側の説明は終わった。マイクを受け取った区長が軽く場を和ませつつ、説明会は終了した。

会場にいた人達が一斉に椅子の音を立てて立ち上がる中、私と隣でずっと黙って話を聞いていた仲井戸さんも立ち上がった。

「それじゃあ、私はこれで……」

仲井戸さんに挨拶をして帰ろうとすると、いきなり「おい！」と耳の近くで声がした。この声はさっきデベロッパーに噛みついたあの男性だ。

なぜかその男性が私に向かってくる。困惑で立ち止まっていると、私の前に背の高い男性が立ち塞がった。仲井戸さんだ。

突然私との間に知らない男が割り込んできたことに対して、男性の表情が歪んだ。

「なんだあんた！　どけよ、俺はそこの神社の娘に用があるんだ」

「彼女に用があるなら代わりに私が聞きます」

「ああ？」

男性が怪訝そうに眉をひそめた。多分私が一人だけなら怖くて身を縮めるところなのだが、今はそれよりも仲井戸さんの言葉と態度の方が気になってしまった。

——ええ??　な、なんで仲井戸さんが……こんな私を守るようなことを……？

混乱していたら、苛ついた男性がまた大きな声を上げた。

「あんたじゃ話にならん!!　とにかく、神社の娘!!」

「え、あ、は、はい、そうですけど……それがなにか」

仲井戸さんの背中越しに反応する。それにしても、この男性に私が噛みつかれる理由がまったくわからない。

「そもそも、この計画に神社が反対しないのがおかしいんだ!!　宮司はなにを考えてるんだ！」

「は……はい……？　父の事を私に聞かれても困るのですが……それに、マンションが建つ場所は神社とは関係のない場所ですし……」

「同じ商店街なんだから関係なくないだろう!!　神社が反対すればこの計画はなかったかもしれないのに、どうしてくれるんだ!?」

「えええ……そ、そんなむちゃくちゃな……」

怒りで理性というものが吹っ飛び、目が据わっている。こんな状態の男性にこれ以上なにか言っても通じる気がしない。

──どうしよう……参ったな。あまり揉めたくないのに……

このとき、私の前にいる仲井戸さんの手が私を守るように腕に触れてきた。思いがけず触れられて体に緊張感が走ったとき、男性の肩を背後から区長さんが掴(つか)んだ。

「おい、何やってるんだ！　やめなさい!!」

「この子に言うのはお門違いだろうが。文句があるならさっきの責任者に言いな!!」

「そうだよ、神社は関係ないだろう」

区長さんに続いて商店街で店を営む人達が次々と駆けつけ、男性と私の間に入ってくれた。そのお陰もあり、さっきまで威勢の良かった男性の勢いが、徐々になくなっていった。

「くっ……なんだよ、皆して向こう側なのかよ！　くそっ……」

さんざん言いくるめられ、男性が口惜しそうにこの場を去っていった。

――よ、よかった。助かった……!!

安心して真っ先に仲井戸さんにお礼を言おうとした。でも、同じタイミングで申し訳なさそうな顔をした区長さんに話しかけられてしまった。

「凌ちゃんごめん!! 怖い思いさせちゃって申し訳なかった」

区長さんに謝られてしまい、慌ててそんなことないです、と否定した。

「大丈夫ですよ。それに区長さんは悪くないんですから、謝らないでください」

「いや、あの人をもっと早く周囲が止めるべきだったんだ、遅くなってすまなかった。でも凌ちゃん、今後もなるべくあの人には近づかないようにしてくれな」

「そんなにあの人、危険な人なんですか？」

不安になって聞き返したら、区長さんの表情がさらに曇った。

「過去になにかあったとか、そういうんじゃないんだよ。でも、マンションの場所とあの人の家は直接関係ないのに、どうもそのあたりを分かってもらえなくて。私も建設会社の人と何回か説得に行ったんだが、なんせ聞く耳持たずでなあ……」

参ってるんだよ、という区長の言葉に、周りの人が賛同している。

「そうですか……はい、わかりました。気を付けます」

他の人達にも優しい言葉をかけてもらい、気持ちが落ち着いたところで会場を出た。

――でも、この会場に来たのが私でよかったかも。父だったら、もしかして喧嘩(けんか)になってたかもしれないし……

曲がったことが大嫌いな父が相手となると、さっきの男性と思いっきり衝突していた可能性もある。だったらここに来たのが私でよかったのかも。

玄関で気持ちを落ち着けるため一度深呼吸をしてから歩き出すと、公民館を出てすぐの石垣前に仲井戸さんが立っていた。

さっきのことにお礼を言いたくて、すぐに彼へと駆け寄った。

「仲井戸さん。さっきはありがとうございました」

お礼を言いながら頭を下げると、仲井戸さんが私に近づいてきた。

「いえ。当たり前のことをしたまでですから。それより久徳さん」

名前を呼ばれ顔を上げると、仲井戸さんが私を見下ろしていてドキッとした。

「さっきの男性の件に限らず、なにか心配なことが起きたらいつでも私を頼ってください」

「え……た、頼る、ですか？　でも、仲井戸さんはお仕事がお忙しいでしょうし……」

ただでさえこの人には、名家の当主である四十辺澄人さんの秘書という仕事がある。それなのに、全く関係ない私のことで手を煩わせるのはどうかと思うのだが……。

「私の事は気になさらなくて大丈夫です。意外と融通の利く職場なので」

困惑しているのが分かったのだろうか。さっきよりも念押しするような強い口調だった。

「とにかく、困ったことがあれば連絡ください」

仲井戸さんがスラックスのポケットから何かを取り出す。薄い金属のケースが見えたとき、咄嗟に名刺だと思った。

「あの。お名刺でしたら以前いただきましたけれど……」

澄人さんと佑唯ちゃんの結婚式の打ち合わせで仲井戸さんと対面したとき、すでに名刺はもらってある。だから遠慮しようとしたのに、彼はそれを手で制した。

「こちらの名刺には私の個人的な情報も記載してありますので、久徳さんさえよければそちらから連絡をください。時間は気にされなくて大丈夫です。昼でも、夜でも」

「個人的な情報、ですか……？」

渡された名刺に目を通す。確かに、前にもらったものに記載されていた情報に加えて、この名刺にはメッセージアプリのＩＤまで記載されている。

「もちろん必要ないと思われたら捨ててくださって構いません」

「えっ？　そんな、捨てるなんてとんでもない！　じゃあ、あの……私の番号も」

急いでスマホを取り出し、名刺に記載されている番号に電話をかけた。仲井戸さんの手にあったスマホが震え、彼はその画面を確認する。

「ありがとうございます。久徳さん、お名前は確かしの、さんですよね。漢字は？」

「私の名前、よくご存じですね」

話した記憶がないので素直に驚いた。

「上司か、もしくは上司の奥様が言っていたのが聞こえまして」

「ああ、なるほど。凌(しの)ぐという漢字です。よく【りょう】って間違われるんですけどね」

私もなんでこの漢字を使ったのか気になって、由来を父に聞いたことがある。一応文字通りの願いを込めてつけられたようだが、私はどんな分野においてもいたって普通だ。完全に名前負けである。

「なるほど。素敵な名前ですよね。ちょっと珍しいですし、あなたによく合っていると思います」

「あっ……りがとうございます……」

よく合っている、なんて言われたのは初めてで、照れて顔が熱くなってきた。

スマホをスラックスのポケットにしまうと、仲井戸さんが「では」と改まる。

「家まで送ります」

「えっ!?　い、いいですよ!!　すぐ近くですし」

「ダメです。帰り道の途中にさっきの男性がいたらどうするんです。相手には神社の娘だと知られているんですから、用心に越したことはない」

「あ。……ま、まあ……それはそう、ですね……。じゃあ、お願いします……」

確かに彼の言うことにも一理ある。家の前であの人が待ってたりなんかしたら、正直怖い。

ここは申し訳ないけれど、彼の厚意に甘えることにした。

一緒に歩きながら、そういえば仲井戸さんっていくつくらいなんだろうと疑問が湧いた。

「あの……仲井戸さんっておいくつなんですか？」

「三十四です」

間髪を容れず返事がきて、へぇ。と思った。

――五つ上か……もしかしたら年が近いのかなと思っていたけれど、違ったわ。

「そうでしたか。私、仲井戸さんってもしかして私と同じくらいなのかなって思ってたんです。お若く見えますね。ちなみに私は今年で二十九です」

自ら年齢を明かすと、隣からふふっ、と笑う気配がした。

「そんなに若く見えてたんですか。意外と嬉しいものですね」

「男性でも嬉しいものなんでしょうか」

「なんといいますか、凌さんに若く見られていたのが嬉しいんです」

――ん。今、名前で呼ばれた？

何気なく隣にいる仲井戸さんを見上げる。

「あの、名前……」

別に不快だとかそういうんじゃない。そうではなく、普通にびっくりしただけ。

私の視線に気がついた仲井戸さんが、ちらっとこっちを見た。

「すみません。名字より名前の方が素敵だと思っていたので、つい。不快でしたら……」

「ああ、いえ！　全然不快じゃないです！　そうじゃなくて、名前で呼んでくださるんだって、ちょっと……嬉しくて」

ふふっ、と笑ったら、仲井戸さんも頬が緩んだ。

「よかった。では、これからは凌さんとお呼びします」

「はい、どうぞ。ていうか敬語もやめてください。仲井戸さんの方が年上なんですから」

お呼びしますとか、どうにも普段言われ慣れないからこそばゆい。

私に敬語をやめろと言われた仲井戸さんは、少し困っているように見えた。

「うーん、それはそのうち……普段敬語で話すことが多いので、自分としてはこっちの方が話しやすいんです」

「なるほど。秘書さんってそういうものですか……」

「いえ、多分私だけかと。もう一人の秘書……石内といいますが、あの人は澄人様がいないと私などには普通にタメ口で話してますから」

「ああ、なんか……そんな感じがします。石内さんすっごく気さくですもんね」

石内さんとも数回打ち合わせでお会いしたけれど、自分が結婚するわけでもないのに結婚式の会場となる境内を見て感動してたり、お出ししたお茶とお菓子が美味しいとおかわりしたり、澄人さんと佑唯ちゃんの裏話をこっそり教えてくれたりと、なかなか変わった人だった。

そんな石内さんを窘めていたのが、彼とは正反対に冷静な、この仲井戸さんなのだが。

話しているうちに神社の鳥居が見えてきた。その手前にある二階建て、瓦屋根の日本家屋が私が住む久徳家である。神社の歴史とともにある我が家は、はっきりいって古い。今の家は曾祖父が建てたものがベースとなっていて、老朽化したところをちょこちょこリフォームしながら住んでいる状態だ。

「お忙しいのに送ってくださって、ありがとうございました」

家の前でお礼を言うと、仲井戸さんがそれを手で制した。

「いえ。それよりも、本当になにか困ったことがあれば連絡ください。相談でもなんでも構いませんので」

「は、はい……わかりました」

「では、私はこれで」

「はい。仲井戸さんもお気を付けて」

軽く会釈をかわし、仲井戸さんが来た道を戻っていく。

私から見える背中は、父や弟とはまた違う。近頃身内以外の男性とは関わりがほとんどなかったからか、久しぶりに見る大人の男性の背中に、なぜか目が離せなかった。

地区の説明会から一週間が経過した。

仲井戸さんになにかあれば連絡を、なんて言われていたが、連絡をするような事態は起こっていない。

——いや、むしろなにも起こらなくてよかった……

説明会の時に私に絡んできた男性が、もし私が一人で社務所にいるときに来てしまったらどうしたらいいのか。手が空くとそんなことばかり考えてしまい、ついには手の届くところに自衛の為の竹箒まで置くようになった。

それでも念のため、神社にいるときも商店街を歩くときも、常に周囲を意識して生活した。それで分かったことが一つある。

こういった生活はとても疲れるということだ。

一週間かそこら気を配っただけでこんなに疲れるんだから、四六時中護衛対象を守るボディガードなんてとんでもなく疲れるのだろうな。

などと考えながら、父に頼まれた届け物を持ってお使いに出る準備をする。もちろん巫女の格好では目立ちすぎるので、ちゃんと私服で。

いつも一つ結びにしている髪はハーフアップにし、一枚でそれなりに様になるAラインのワンピースに着替えた。私の場合、普段巫女装束などの特殊な格好をしているせいもあり、私服は着心地が楽で締め付けがないものを選ぶことが多いのである。

「じゃ、行ってきます」

「おお、日影の師範によろしく言ってくれ」

そう、これから私が向かうのは、佑唯ちゃんの実家でもある日影道場だ。

生まれも育ちもこの町である父は、同じくこの町にある日影道場とは昔からお付き合いがある。師範である佑唯ちゃんのお祖父様はもちろんだが、実は佑唯ちゃんのお父様と父は、小中学校の同級生なのだ。その縁があり、父も日影道場に通ったことがあるらしい。

今日はうちの神社で結婚式をしてくれたお礼もかねて、父が出先で購入した品を届けるのが目的だ。なんでも日影の師範の好物らしい。

夜の行動は怖いので、最近はなるべく昼間に用事を済ますようにしている。今の時刻は午後二時。道場へ続く道は小学校帰りの子どもや、散歩のご老人など、人はまばら。

この時間なら道場もまだそんなに人がいないだろう、と予想しつつ、到着した日影家のインターホンを鳴らす。はーい、と若い女性の声がして名前を告げてから約一分。中から出てきたのは佑唯ちゃんだった。

結婚して、すでに引っ越しも済ませたはずの彼女が、なぜ実家にいるのか。

その理由を考えただけで不安が押し寄せてくる。

「凌ちゃんいらっしゃい！　この前はありがとうね」

「う、うん、こちらこそ。ていうか、佑唯ちゃんどうしたの？　もう引っ越ししたって聞いたはずなんだけど……」

マズいと思いつつ、聞いていいことなのかどうか分からなくなってきて、だんだん声が小さくなる。

そんな私の態度に気がついたのか、彼女が違うよと苦笑した。

「大丈夫大丈夫。なにかあって実家に戻ってきたとかじゃないから！　実は、今日は週に一度の道場通いの日なんだよ。それで帰ってきてるってわけ」

佑唯ちゃんがへへ、と目尻を下げる。道場通い⁇

「それって……もしかして、佑唯ちゃん今、武道をやってるの？」

私の質問に、彼女がうん、と頷く。

「そうなのよ。元々やってはいたけれど、久しぶりに護身術くらいはしっかり身につけとこうかなって。いくら昔やってたとはいえ、だいぶブランクもあったしね。そうでもないと道場の孫娘って胸張って言えないし」

「へえ……すごいなあ……あ、これ、うちの父から。なんかね、師範の好物だって言ってたよ」

紙袋を佑唯ちゃんに渡す。彼女はそれを受け取ると、私を自宅へ誘う。

「どうぞどうぞ。おじいちゃんなら道場にいるから、久しぶりに会っていって？」

「あ、じゃあ……お邪魔します」

佑唯ちゃんに誘導される形で日影家にお邪魔する。家屋と道場は繋（つな）がっているので、家の中から道場に向かう。

「おじいちゃん、神社の凌ちゃんが来てくれたよ」

佑唯ちゃんが道場と通じる引き戸を開け、中に入っていく。その後から私が道場の中に足を踏み入れると、ちょうど師範とお弟子さんらしき道着を着た人が、組み手をしながら汗を流しているところだった。

師範は私に気付くと、稽古を中断してこちらに来てくれた。

「おお、凌ちゃん。この前は佑唯と澄人がお世話になりました」

丁寧に頭を下げてくれるこの人がこの道場の師範であり、佑唯ちゃんのお祖父様である日影高一郎氏。ご高齢だけど喋りもハキハキしているし、背筋はピンと伸びていて若々しい。しかも道着のせいなのか、いつも以上に力強く見える。

「こちらこそありがとうございました」

師範と向かい合ってお礼を言うと、私の横に佑唯ちゃんが並んだ。

「宮司さんがおじいちゃんにってくださったよ」

佑唯ちゃんが紙袋を師範に渡す。受け取り、中身を見た師範がにやりとした。

「ほう……これは私が好きな柿の種とかりんとうだな。さすが久徳、よくわかってる。ありがとうと伝えてくれな」

「はい、伝えておきます」

「えーと、凌ちゃん。本当はお茶でもって言いたいところなんだけど……」

佑唯ちゃんが気まずそうに道場内を見る。それだけで彼女の言わんとしていることは、だいたい分かる。

「ああ、大丈夫！　今日はお届けに来ただけだから、私はこれで失礼します」

「ごめんね～！　私だけだったらいいんだけど、実は、仲井戸さんも一緒に来てて……」

「え？」

——仲井戸さんも？

言われてすぐ彼女の視線の先を追った。すると、道場内で汗を流している人達の中に、仲井戸さんの姿があった。

ただでさえ背格好がすらりとしている仲井戸さんの道着姿は、これまた様になっていてつい見惚(みと)れてしまう。

元が格好いい人は、何を着ても格好いいの典型だ。

「仲井戸さんもここに通ってるの？」

「んー、通っているというか……私の付き添いみたいな感じ？　実家なんだし、いいよって言ったんだけど、澄人さんがどうしてもって……」

「きっと心配なんだよ。いいんじゃない？　そのほうが佑唯ちゃんだって安心でしょ。前、危ない目に遭ったっていうし……」

「まあね……確かに安心は安心なんだけど、でも、澄人さんはちょっと過保護なところがあるからなあ」

ため息をつく佑唯ちゃんを見て、なんとなく顔が笑ってしまう。過保護になっちゃうくらい愛されているということなのに、本人は気がついていないのかな？

ふふっと笑いながら何気なく道場の方へ目を遣る、同じくらいの年齢の男性と組み手をしている仲井戸さんが、ひゅっと片手だけで相手の男性を投げ飛ばしてしまった。

「えええ⁉　今、なにが起こったの？　すご……」

「あー、仲井戸さん？　昔、合気道やってたみたいでね。すごく上手いし、強いんだよ。黒帯だって言ってたかな？」

「え、そ、そうなの⁉　すごいね……」

思わず口があんぐりしてしまう。しかし、この間抜けな顔をしているタイミングで仲井戸さんがこっちを見てしまい、気付かれた。

――はっ、しまった。間抜け顔見られた。

恥ずかしくてこの場から逃げたくなるけど、仲井戸さんが一緒にやっていた相手に何か言って組み手を中断し、こっちに歩いてくるではないか。

「凌さん」

近づいてくる仲井戸さんが私の名を呼んだとき、佑唯ちゃんがハッとして私の顔を見る。

「あれ。仲井戸さんと凌ちゃんって……」

「いやいや、なにもないから。ただ、この前、商店街の会合で会っただけで」

「ふうん？」

本当になにもないのに、佑唯ちゃんが私達のことを意味ありげに見る。ニヤニヤしているところからして、きっと私達が自分の予想以上に親しくなっているのが意外だったのかもしれない。

私達がそんな会話をしていると、仲井戸さんがやってきた。

額には汗がにじみ、いつもきっちり纏めている髪は、汗のせいか所々乱れていた。こんな仲井戸さんは初めてだ。

――うわ……説明会のときの仲井戸さんもちょっと新鮮だったけど、こっちは全然違う。妙に艶めかしいというか、色気が炸裂して……って、いやいや、普段神に仕えている巫女のくせになんてことを。

気がついたら佑唯ちゃんは師範のところへ行ってしまっていて、私と仲井戸さんは二人きりになっていた。

「仲井戸さん、先日はありがとうございました」

頭の中が煩悩だらけになりそうで、慌てて軌道修正した。

「いえ。こちらこそ。あれからどうですか。変わったことなどは」

「とくにありません。例の人も来ていませんし……このままなにも起こらないことを願っているところです」

なにもない、という私の報告に、ほんの少しだけ仲井戸さんの頬が緩んだ。

「そうですか……よかった。連絡がないので、近いうちにこちらから伺ってみようかと思っていたんです」

「え。そ、そんなに気にかけてくださっていたんですか」

「まあ。あの場にいた人間なら、誰だってその後のことが気になります。あと、多少こちらであの男性についても調べている最中なんです。また分かり次第ご連絡しますので」

なんだか私の知らないところで、いろいろ動いてくれていたらしい。

まさかそこまでしてくれているとは思わなくて、唖然とした。

「ほ……本当に？　仲井戸さんお忙しいのに、お手を煩わせてしまって申し訳ないです」

恐縮して頭を下げると、すぐ頭の上の辺りで「やめてください」と声がした。

「いいんです、私が勝手にやったことですから。可能な限り相手を知っておいた方が、いざ対応するときに都合がいいので」

「ありがとうございます。なんとお礼を言ったらいいか」

ペコペコしていたら、それも苦笑いで制される。

「お礼などは結構です。それより、今日の凌さんはいつもと雰囲気が違いますね」

「……え、あ？　髪を下ろしているからですかね？」

私は髪の毛が細いので、超ロングヘアではあるが意外と見た目は重たくないほうだ。

それでもいつもと髪型が違うのは、きっと見る人にとってはだいぶ印象が違ってくるのだろう。

「いつもの髪型もお似合いですが、下ろしているのもいいと思います。まあ、元がお綺麗なのでどんな髪型でも似合うと思うのですが」

真顔で言われてしまい、こっちはリアクションに困った。

「お、おき……いやいや、そんな私なんか、全然……」

——き、綺麗……⁉　ちょっと、仲井戸さんたら……

いくら雇い主の奥様の知り合いだからって、こんなに気を遣わなくたっていいのに。

もちろん言われて悪い気はしないので、笑顔でこの場をやり過ごす。

そんな私を笑顔で見つめてから、仲井戸さんは何かを思い出したように真顔になった。

「では、私は稽古に戻りますので、失礼します。なにかあればいつでも構いませんので、連絡ください」

「はい。ありがとうございます。頑張ってください」

途中ペコッと会釈し、彼は稽古に戻っていった。

緊張から解放されて、私もそろそろ……と踵を返すと、目の前に佑唯ちゃんがいて「ぎゃっ！」となる。

「やあだ佑唯ちゃん後ろにいたの？　先に言ってよ」

驚きでドキドキする胸を押さえていると、彼女がなぜかふふっ、と微笑む。

「あらー、いつの間にか凌ちゃんと仲井戸さん、仲良し？　結婚式の打ち合わせで意気投合したとか、かな？」

これは……多分いらぬ想像をしているな、佑唯ちゃん。

「いや、仲良しではないから。やっと普通に話せるようになったっていう程度だから」

冷静に事実だけを伝えようと真顔で説明した。それに対して佑唯ちゃんはわかっているのかいないのか、「大丈夫大丈夫、わかってる！」と言った。

絶対わかってないと思う。

しかしこのあと、佑唯ちゃんが急に神妙な顔になり話を変えた。

「それよりさ、なんかマンション建設の説明会で凌ちゃんに絡んだ人がいたんだって？　神社は反対するべきだとかなんとか……説明会に参加してた氏子さんから聞いたのよ。大変だったね」

「あ、うん。そうなんだよね……あのときはびっくりしたけど、それ以来なにもないよ。でも実は、私が絡まれたときに仲井戸さんが助けてくれてね。その縁もあって、何かあれば相談してくれって言われてて……」

ここで仲井戸さんの名前が出てきたことに、佑唯ちゃんが目を見開く。

「そっか。そういうことか……。私も気になって、澄人さんに相談しようかなって思ってたんだけど、うん、仲井戸さんが凌ちゃんについていれば安心だわ」

澄人さんの名前まで出てきてギョッとする。きっとお仕事だけでも相当忙しいであろう澄人さんに迷惑はかけられないし、話が大事になるのは避けたい。

仲井戸さんがいてくれてよかった、と瞬時に思った。

「とにかく、なにかあったらすぐ仲井戸さんに相談してね？　仲井戸さんに言いにくいとかであれば私に言ってくれてもいいし……」

「うん、ありがとうね。そうさせてもらう」

とはいえ、佑唯ちゃんだって結婚、引っ越ししたばかりで忙しい身のはず。そんな彼女に心配はかけたくない。

――彼女に気を遣わせないためにも、このまま何事もなく穏便に済めばいいなあ……

もちろん佑唯ちゃんだけじゃない。仲井戸さんにも。

考えながら何気なく稽古中の仲井戸さんに視線を送る。今の彼は、真剣な表情で稽古相手と一戦交えている真っ最中。私達の会話の内容など気にする余裕すらないだろう。

――仲井戸さんと会えなくなるのは残念だけど、面倒事が起こる方が困るし。仕方ないね……

気を遣わせたくないと思いつつ、心のどこかでは仲井戸さんに連絡せず彼と縁が切れるのを残念がっている。そんなちぐはぐな心境のまま、私は日影道場を後にしたのだった。

しかし、この数日後。うちの神社に差出人不明の郵便物が投函(とうかん)されたことで、また不穏な日々を送る羽目になるのだった。

第二章

神社の朝はだいぶ早い。

まだ薄暗い中起床し、朝六時には神職全員で朝拝という朝のお祈りをするのが神社の日課である。それが終わると神社として開門、お店で言うなら営業開始である。

今朝もいつも通り早く起きて朝拝を済ませ、境内の掃除を家族全員で行っていた。そこで何気なく郵便受けを見た私が見つけたのは、差出人も宛名も書かれていない真っ白な封筒だった。

封筒には便箋が一枚だけ入っており、そこに書かれていた文章は、これだ。

【マンション建設に反対しろ】

最初にこの郵便物を見つけ、不審に思いながら中を見た私はすぐに思った。

——これって……やっぱあの人なんじゃない？

きっとあの説明会にいた人なら、これを見てすぐあの人を思い浮かべると思う。

文字は油性マジックで殴り書き。昨日の夕方ポストを見たときはなにも入っていなかったので、夜のうちに直接郵便受けに投函したのだろう。

念のためこの郵便物をビニール袋に入れ机に置き、弟でこの神社の禰宜をしている景と考え込む。

「……どうする、警察か？　やっぱり」

「そうねえ……それしか思いつかない……」

まだ直接被害といわれるようなものは被っていない。あまり事を荒立てたくはないし、まだ様子を見てもいいとは思う。でも、やっぱりこんなものが届いたという事実は気味が悪い。

「まったく……マンション建設に反対するのは個人の勝手だけど、なんでうちに言ってくるんだよ？　うちが反対したって計画なんかもう覆らないだろうが」

景がブツブツ言いながら社務所の椅子に腰を下ろした。

確かに景の言うとおり、今更うちがやっぱり反対です、と言ったところで動き出した計画がなくなるとは考えにくい。はっきりいって、こんなことをしたって無駄としか思えない。

「それでもこれを書いた本人は、苛立ちをどこかにぶつけないと気が済まないんだろう」

宮司である父がお茶を飲みながらため息をついた。確かに父が言うとおり、気が済まないからこんな投書をしてくるんだろうけれど。

ここにいる三人が一斉にため息をつく。

「とにかく、しばらくの間は二人とも周囲に気をつけること。私も念のため警察には相談するから、なにか怪しいと思ったことはすぐに報告してくれ。いいな？　とくに凌」

「え」

いきなり名指しで指摘されて、弾(はじ)かれたように父を見る。

「なんで私だけ名指し？」

「お前はこの前の説明会で反対派の人に絡まれたっていう経緯もあるし、しばらくの間、夜の一人歩きは禁止。いいな？」

「ええええっ！　か、買い物とかどうするのよ！　いつも神社を閉めてから夕飯の買い出しに行くのに」

「私か景が代わりに行く」

普段ほとんど夕飯の買い出しになど行かない父が、真顔できっぱり言った。その隣では景が心底面倒、という顔をしている。

「ていうか、ネットスーパーでよくね……？」

景の提案に、父の顔がパッと明るくなった。

「そうか、そういう手があったか。じゃ、凌。しばらくはネットスーパーだ」

「ええ〜〜……」

そんなあ、とがっくり項垂(うなだ)れる。

確かにネットスーパーは便利だ。私だって機会があれば使ってみたいと思っていたので、それに関してはいいとしよう。でも、家から出るなと言われるのは結構キツいものがある。

商店街での買い物は、私のストレス解消の一つだから。

――どうしようもないのはわかるけど、行動が制限されるのは面倒だわ……

明らかに顔が嫌だと訴えていたのだろうか。私を見て、父が肩を竦めた。

「そんな顔したってこればかりは仕方がないだろう。状況が落ち着くまでの辛抱だよ。どうしても出かけたいってときは私か景が付き添うから。景もわかったな？」

「わかったよ。だから姉貴、ちゃんとおとなしくしとけよ」

二人に釘を刺されてはしかたない。力なく「わかった」と頷いた私は、社務所のど真ん中にある大きなテーブルに置いてある自分のスマホを見つめた。

なんとなく、仲井戸さんが言っていたことを思い出したからだ。

【本当になにか困ったことがあれば連絡ください。相談でもなんでも構いませんので】

――仲井戸さんに連絡、する……？

実際に不可解な出来事が起きているわけだから、連絡するべきなのかもしれない。でも、うちの神社となんの関わりもない人を巻き込んでいいものか。そこが引っかかった。

――きっとお仕事もお忙しいだろうし、こんなことで手を煩わせるべきじゃない……

でも、一応こういうことがありましたよ、という報告程度なら問題ない、かも……。

もう会うこともないと思っていた仲井戸さんと、またお話しできるかもしれない。私の中に淡い期待が生まれた。

――……連絡してもいいかな……うざがられたりしないかな。

でも、連絡してと言ったのは仲井戸さんの方だ。きっと大丈夫だと自分に言い聞かせつつ、現状報告だけすることにした。

とはいえ電話をするには勇気が足りなかったので、先日登録しておいたメッセージアプリからメッセージを送っておいた。当たり障りのない定型文の挨拶と、怪しいものが投函された、とだけ。

参拝客がいない隙にメッセージを送信し、また仕事に戻った。きっと忙しい仲井戸さんのことだ、連絡が来るのは仕事が終わったあと。多分早くても夜だろう、と勝手に思い込んでいた。

しかし昼休憩に入ったタイミングでスマホをチェックすると、早速仲井戸さんからメッセージが入っていた。

【夜、電話します】

――!! 電話……くれるんだ……

お忙しいのに悪い、と思いつつ、顔が緩んでしまうのを止められなかった。

なんで私、こんなに嬉しいんだろう。

「……姉貴、どうした……？」

「なんでもないわよ……」

たまたま通りかかった景に変な目で見られてしまった。でも、理由は話さない。私は家族に自分の恋愛話はしたくないタイプなのだ。

こうなるともう、夜までの時間が長く感じられて仕方なかった。祈祷の準備を数件こなし、御朱印を記し、お守りの授与を数回こなしてようやく夕方だ。

——な、長かった……こんなに一日が長く感じられたのは初めてかもしれない……

社務所を閉じて家に移動した私は、とりあえず冷蔵庫の中にあるもので適当に夕食を作り、いつもよりだいぶ早く食べ終えて自室にこもった。

部屋の真ん中に置いてある小さなちゃぶ台。その上にスマホを置いて、緑茶を啜る。

時計を見ると現在時刻は夜八時過ぎ。普通の会社員ならばお仕事が終わっていてもおかしくない時間だが……

——そういえば……仲井戸さんのお仕事が終わる時間って、いつ……？

事前にメッセージで聞いておけばよかった。

そもそも、仲井戸さんのお仕事内容がよくわからない。秘書としての仕事はなんとなくわかるけれど、あの人はそれ以外にも澄人さんの代理でいろんなことをしている。先日は澄人さんの妻である佑唯ちゃんに付き添って道場通いもしていたし。

「……仲井戸さん、いつ休んでるの……？」

それか家に帰ると死んだように眠っていたりして。もしくは、職場で仮眠を取ったりしているのでは……

仲井戸さんに関して勝手にあれこれ想像していたら、私のスマホから着信音が聞こえてきた。

画面を覗き込んだら仲井戸さんの名前が表示されていて、反射的にスマホを掴んでいた。

「……っ、も、もしもしっ」

『仲井戸です。凌さん？』

「はい、昼間はすみませんでした、お忙しいのにあんなメッセージを送ってしまって」

『いえ、連絡いただいて嬉しかったです。早速ですが、詳細をお伺いしてもよろしいですか』

聞かれてすぐ、今朝うちに投函されていた封書のことを話した。宛名も宛先もない、ただマンション建設に反対しろとだけ書かれた紙が一枚だけ入っていた、犯人に繋がりそうなものは今のところなにもない、と。

それを聞いた仲井戸さんは数秒黙った後、凌さん、と私の名を呼んだ。

『わかっているとは思いますが、くれぐれも犯人を見つけ出すためにあなた自ら動いたりはしないでくださいよ。あと、夜の外出も』

「……それは、うちの父にも言われました。しばらく夜の一人外出は禁止だと。犯人捜しは、さすがにしませんけど……」

『当たり前です』

ぴしゃりと言われて、うっ、となる。

『とにかく危ないことはしないように。神社の周辺もこちらで定期的に巡回しますので、あなたは何も心配しないでください』

「て……定期巡回?? いや、さすがにそこまでしていただかなくても……」

なんだか話がだんだん大きくなってきているような気がする。

『こちらで勝手にやることですので、あなたはなにも知らなかったことにしていただいて大丈夫ですよ。もちろんまたなにか起こったときにはいつでも連絡ください。取り急ぎ、連絡だけで今夜は失礼します、では』

「え……大丈夫って、ちょっ……」

戸惑っている間に通話は終了してしまう。

——お……終わってしまった……ていうか仲井戸さんにまで釘刺された……

仲井戸さんにも父達と同じようなことを言われてしまうなんて。あまりに言われすぎて、逆に昼間でも一人で家を出るのが怖くなりそうだ。

しかし、定期巡回なんて本当にするのだろうか。

そこまでしてもらったとしても、私からも神社からもお礼くらいしか言えないのに。

このときの私は正直、仲井戸さんの厚意をちょっと大げさじゃない？ くらいに考えていた。

しかし、残念なことにこのあと、私の考えが吹き飛んでしまうようなことが起きてしまうのだった。

仲井戸さんに相談して数日後の朝。

いつものように朝早く起きて、敷地内の掃除をするため竹箒を手に外へ出た私は、外壁にあるものを見つけてしまった。

「え……!? なに、これ……」

灰色のブロック塀に黒いスプレーで荒々しく書かれた文字は、こうだ。

【マンション建設に反対しろ!!】

見た瞬間は状況が理解できなくて、唖然とすることしかできなかった。でもすぐ我に返り、父と景を呼びに実家に走った。

もしや落書きはここだけではないのでは……と嫌な予感がしたので、景と二人で周囲を確認してまわった。その結果、神社の敷地を囲っている壁にいくつか同じように黒いスプレーで落書きされているのも発見してしまい、言葉がない。

——な……なんということ……!!

「なんて罰当たりな……!!」

証拠となる写真を撮りながら、父が頭を抱えた。

こういう場合防犯カメラの映像が犯人の手がかりとなるが、うちの神社は境内にしか防犯カメラを設置していない。今回は外壁なので、防犯カメラに犯人の姿はもちろん映っていなかった。

「これは……もう被害届出さないとだめだな」

怒りをにじませた父が警察に通報すると、すぐに警察官が駆けつけてくれた。

パトカーと壁の落書きに気付いた近所の人や氏子さんが集まってきて、一時、神社周辺は騒然としてしまった。

警察によると、通り道にある防犯カメラの映像を確認するなどして捜査を始めるらしいが、今のところ神社周辺で怪しい人物の通報などはないそうだ。

「幸いというかなんというか、賽銭（さいせん）は盗まれていないようだけど……まったく……」

立ち会いを終えた父が社務所に戻るなり、疲れた顔で椅子に腰を下ろす。

そんな父の姿を見ていると、じっとなんかしていられない。

――仲井戸さんに報告しなくちゃ……！

私は咄嗟に自分のスマホを持ち出し、社務所から出て建物の裏に来た。人の目がないことを確認してから、素早く仲井戸さんに電話をかけた。

仕事中かな、お忙しいかな。そんなことばかり考えていたのだが、意外にもすぐに電話は繋がった。

『仲井戸です。凌さん？』

彼に名前を呼ばれた瞬間、どきん、と心臓が跳ねた。

「あ……の、お仕事中に申し訳ありません、久徳です。今お時間よろしいでしょうか……？」

名乗ってすぐ、向こうには凌と名前で呼ばれているのにおかしかったか、と後悔した。でも、その辺はとくに突っ込まれなかった。

『ええ、大丈夫です。電話をくださったということは、なにかあったということでしょうか』

「はい、それがですね……」

落書きの件を説明している間、仲井戸さんは冷静に「はい」と相づちを打っていた。

全て話し終え、どう思いますかとお伺いを立ててみた。

『そうでしたか……定期巡回はしていたのですが、我々の隙を狙ってやられたように思います。申し訳ありませんでした』

「い、いえ……仲井戸さんが謝ることじゃないです、悪いのは犯人ですから」

『犯人ですが、例の、凌さんに絡んできた男性に関して少し調べました。少々普段から言動に問題のある人物ではありますが、これまでに事件を起こしたことはありませんでした』

——……えっ。そこまで調べてくれたの!?

驚いたけど、調べてくれたことが素直に嬉しかった。でも、やっぱり申し訳なさもある。

「あの、もう警察にも通報しましたし、そこまでしていただかなくても……」

『いえ、自分が動いた方が早いですし。大丈夫です、それにこういったことには慣れているので』

——こういったことには、慣れて……いる……？

いったい普段どんな仕事をされているのかと困惑してしまう。

『なにかあればご連絡します。こういうことがあったからといって、危ないので引き続き夜、周囲を見回りに外へ出たりなどはしないように』

「は、はい……」

『どうしても出かけたいのならば、私が付き添うので連絡ください。いいですね？　では』

「そんな、悪……」

さすがにちょっとコンビニに行きたいのに仲井戸さんを誘うとかできない……と言おうとしたら、もう通話が終了していた。

——もー!!　たまには最後まで言わせてよ!!

彼に付き添いを頼むくらいなら、景に頼んだ方がいくらか楽だ。しかし、それよりもっと気になったのは別のことだ。

「仲井戸さんって……秘書、だよね??」

事件を起こしそうな人のことを調べる。そういったことに慣れているとは一体どういうことなのか。私には見当もつかない。

それとも名家である四十辺家当主の秘書ともなると、普通の秘書とは違って特殊なこともするのだろうか。

「わからないなあ……」

首を傾げ独りごちてから、スマホをポケットに入れ、社務所に戻った。

翌朝。いつも通り目が覚めた私は、どうしても気になって仕方なかったので、掃除の前にとりあえず神社の境内を見に行った。賽銭箱も問題ないし、賽銭も無事。それに境内にあるものもそのままで、激しく安堵した。

「よかった～、今日は大丈夫かな」

大丈夫と言いながらまだ壁のチェックが終わっていない。私は鳥居をくぐり敷地の外に出て、壁のチェックを始めた……が。

まだ落書きの残る壁に、見たことがない白い紙が貼られているのを発見してしまった。

そこには真っ黒の筆字でこう書かれてあった。

【マンション建設に反対しろ!!】

反射的にその紙を壁から引っぺがし唖然とする。

「また!?」

もしや。と思い周囲を見回す。案の定、神社を囲っている壁に数枚同じような紙が貼られている。すぐに全部剥がしたい衝動に駆られたが、それをグッと押さえたまたまショートパンツのポケットに入れてあったスマホで状況を写真に収めた。

——もー、なんなの!! ほんといい加減に……

怒り心頭でふと真横を見る。すると壁の一番端に黒いキャップを被っている人の姿が見切れている。

——はっ……!?

私がそっちを見た途端、さっきは完全につばが見えていたキャップが引っ込んだ。

これは……もしや。

「……だ、誰か――――!!」

危ないのは分かっていたけれど、犯人がすぐそこにいるのに追いかけないという選択はなかった。私は大声で助けを呼ぶのと同時に、犯人が逃げ込んだ路地に向かって駆け出していた。

すぐに実家の方から「どうした!?」という父の声が聞こえてきたが、それに反応する余裕はない。走るのは得意ではないができる限りの速度で路地を曲がると、突き当たりに向かって走っているキャップを被った男性が目に入った。その後ろ姿からして、中年から年配。背格好は説明会のときに絡んできた男性とよく似ている。

「待ちなさい!! この……」

呼び止めようとしたが、相手は泥棒じゃない。じゃあ、なんて呼べばいい?

「あ……怪しい人!!」

その怪しい人はちらっとこっちに視線を送ると、走る速度を上げた。朝日が眩しいこの時間帯なら相手の姿をはっきりと捉えることができる。あれは、説明会のときデベロッパーに噛みつき、私に絡んできた男に間違いない。

神社の敷地沿いの路地は、車一台が通れるくらいの幅の道。その突き当たりは幹線道路があり、左右二方向に分かれている。男はどちらに曲がるかで一瞬悩み、左右を見回していたが、すぐに左側に曲がっていった。

「ちょっ……ま、待ちなさいっ!!」

姿が見えなくなった途端、このまま逃げられてしまうのではないかという不安が生まれた。焦りながら走る私だったのだが、背後から突然「凌さん止まって！」という男性の声が聞こえてきて、反射的に足を止めた。

はあはあと肩で息をしながら今の声の主について考える。

こんなに朝早くうちの近所にいる人は誰だ。昔から知ってる近所のおじさんでもおじいさんでもない。

でも、なんとなくこの声には聞き覚えがあった。つい最近もスマホ越しに聞こえてきたあの声とよく似ている。

まさか……という思いで振り向くと、こちらに向かって走ってくる仲井戸さんがいた。

こんな朝っぱらから上下スーツという出で立ち（いでたち）で。しかも、片耳にはイヤホンのようなものがついている。

「な……仲井戸さんがどうしてここに!?」

「事情はあとで説明します。おそらく凌さんが追っていた男はこの先で確保されていると思いますので、あなたが行く必要はありませんよ」

「ええ!?」

なんで確保!?　誰が確保!?

驚いて口をぱくぱくさせている私を前に、なぜか仲井戸さんの表情が険しくなった。

「そんなことより、なぜあなたが犯人を追いかけているのですか。危ないでしょう！」

「えっ!? だ、だって、犯人らしき人がいたら追いかけるでしょう、普通……」

「警官やSP、または武道の達人ならばアリかと思いますが、あなたは違う。男が逃げるのではなくあなたに向かってきたらどうするんです！ それにその格好!!」

仲井戸さんが呆れ顔で私の全身を目で追った。

「え？ かっこ……」

なんでそんなに呆れた顔をするのだろう？ と疑問に思いつつ、今の自分の格好を見下ろした私は、そのまま絶句する。

——し……しまった……

起きてすぐに境内の様子を見に来てしまったので、格好が完全に部屋着のままだった。夜中熱くて寝苦しかったせいで、上半身はキャミソール、下半身は思いっきり太股が露出したショートパンツ。キャミソールがカップ付きだったのが幸いだったが、もうすぐ三十路の女のこんな姿、見たほうも目のやり場に困るだろう。

ていうか今現在仲井戸さんにこの格好を見られているというのが、死ぬほど恥ずかしい。

「あああ、ご、ごめんなさい!! 私、犯人を捕まえることに夢中になってて……!!」

慌てて両手で自分の体を抱き抱えるようにすると、呆れ顔の仲井戸さんが着ていたジャケットを脱ぎ、私に差し出した。

「着てください」

「す……すみません……ありがとうございます……」

申し訳なく思いつつ、渡されたジャケットに袖を通した。私の手がすっぽり隠れてしまう大きなジャケットは、まだ仲井戸さんの温(ぬく)もりが残っている。

——あったかい……でも、なんか照れる……

彼のものを身に付けているだけで、彼に抱きしめられているような感覚に陥りそうになった。

「早朝で人があまりいないとはいえ……凌さんはしっかりしているようで、どこか抜けているところがありますね」

真剣な表情で言われ、言葉に詰まりつつ反論を絞り出す。

「……で、でも。父や景が出てくるのを待っていたら、逃げられてしまいますし……」

これに対する仲井戸さんの返しは早かった。

「いいんです。逃げられても私が捕まえます。そのために動いているのだから、もっと頼ってください」

「そんなこと言われても……」

完全に部外者である仲井戸さんに、正直どこまで頼っていいものか。

連絡だけはしたけれど、何度も何度も頼るのは結構勇気がいる。

言葉に詰まっている私を見て、仲井戸さんがはー、とため息をついた。

「すみません。あなたを困らせたいわけじゃないんです。そうではなく……今朝はこうして私達がいたからいいものの、もし犯人の目的の一つが女性に危害を加えることだったとしたら、あなたの身が危なかったのです。そのあたりをよく覚えておいてほしい」

「あ……」

確かに最近、この町でも不審者情報や、痴漢などの被害が出ているのは聞いている。もし自分が被害に遭ったらと思うと背筋が寒くなった。こればかりは、失念していた自分が完全に悪い。

「そうですよね、すみませんでした……完全に頭に血が上っていて、そんなこと考えもしませんでした……」

「凌さんは意外と自分のことに無頓着ですね」

さっきとは違う優しい声がした。顔を上げると、仲井戸さんが微笑んでいた。

「行きましょう。どうやら確保したようです」

仲井戸さんの耳にあるイヤホンからなにか連絡が入ったらしい。

私を促すようにごく自然な感じで背中に手を当てられ、こんな状況なのにドキッとした。

――いやいや、待って。今はドキドキしてる場合じゃないから。確保って、本当に……？

半信半疑で男が曲がった方へ歩いて行くと、間違いなくあの男が両脇を大柄な男性に抱えられている姿が飛び込んできた。

普段あまり見ることのないようながっしりとした体格の男性が二人と、その間に挟まれてすっかり小さくなっている男の姿は衝撃的だった。

――すごい……

それにしてもまだ寝ている人も多いと思われるこんな時間に、なぜ仲井戸さんがここにいるのか。そして、いつからうちの神社周辺を張っていたのか。

理解できないことだらけで頭がパンクしそうだった。

「あの、仲井戸さんはいつからここに……？　ていうか、そこの人達は一体、誰……？」

片手で頭を押さえつつ、身長が百八十センチ後半はありそうな大柄な男性に視線を送る。

上半身は白いシャツ、下は黒のスラックス。耳にイヤホンもしているし、まるでテレビで観(み)たことがある要人警護のＳＰのようだった。

混乱で言葉が出てこない私に、仲井戸さんは淡々と彼らのことを教えてくれた。

「彼らは澄人様のボディガード達です。私が神社で起きた騒動のことを澄人様に報告したところ、澄人様から直々に対処せよとの指示が出まして。ここ数日この辺りを張っていたのです。私は昨夜から合流したのですが、今朝、男が現れて怪しい行動に出ていたので、証拠を押さえた上で確保することにしたのです」

――証拠を押さえた上で？　……ということは……

「もしかしてマンション建設反対の紙を貼ってるところを、動画や写真に収めた……とか？」

「ええ。ですので、これからこの証拠と一緒にこの男を警察に突き出してきます。では、お願いします」

仲井戸さんが目で合図をすると、男を抱えた大柄の男性二人がくるりと踵を返した。その途端、さっきまでおとなしく捉えられていた男が急に暴れ出した。

「ちょ……おい！　警察って……なんで俺が!!　離せって!!　お……俺は悪くない!!」

もしかして警察と聞いて急に怖くなったのか。突然バタバタと暴れ始め、闇雲に振り回した手が、ボディガードの男性の顔にヒットしてしまう。

「がっ……!!」

ボディガードの男性がその衝撃に怯み、拘束していた腕を緩めた。その瞬間、男がこれ幸いと素早く腕を抜き、もう一人のボディガードの足を思い切り踏みつけた。

「いっ……!!」

その衝撃にもう一つの拘束も緩み、男が私と仲井戸さんがいる方へ突進してきた。あまりにも早い展開とこちらへ向かってくる男性への恐怖で、体が石のように固まって動くことができない。逃げた方がいいのはわかっているのに、なぜか足が動かない。そんな私の前に素早く仲井戸さんが立ち塞がった。彼は突進してきた男の勢いを利用し腕を掴むと、そのまま勢いよく投げとばしてしまった。

「え、えええええええ!!」

いきなり目の前で人がふわっと宙に浮き、投げられるという目を疑う光景。アスファルトに叩きつけられた男は呆然とし、まだ自分に起こった状況が飲み込めていないようだった。

男と同じように呆然としている私の横で仲井戸さんが男を押さえ込む。するとボディガードの二人が慌てて駆け寄ってきた。

「仲井戸さん、申し訳ありませんでした!!」

「いえ。今のは予測できませんでしたから、仕方ないです」

淡々とそう言って、仲井戸さんが男を二人に引き渡す。

嘘みたいにおとなしくなってしまった男が、大柄な男性二人に拘束されたまま近くに停めてあった車にぽいっと乗せられた。多分、車にはすでに運転手さんが乗っていたのだろう、三人を乗せるとすぐに車は走り出した。

――な……なんという非日常……

呆気にとられながら車を見送ったが、その間も私の頭の中はかなりこんがらがっていた。

やっぱりあの人が犯人だったのかという納得と、なんで執拗にうちの神社を標的にしたのかという疑問。

でも、それ以前に私の目の前にいるこの人だ。もしかして、昨日私が連絡してからずっと、このことを調べていてくれたのだろうか。

「なっ……仲井戸さん！」

「はい」

さっきの捕り物などなにもなかったかのように、涼しい返事が返ってきた。

「助けてくださり、ありがとうございました……!!」

勢いよく頭を下げてお礼を言うと、すぐに「いいえ」と返ってきた。

「これくらいたいしたことではありません。どうぞお気になさらず」

「いやでも、ただでさえお忙しいのに夜中に張り込んでいたということは、もしや寝ていないんじゃ……」

まさか、という気持ちで尋ねると、仲井戸さんが少しだけ困り顔になる。

「まあ……でも、こんなのはよくあることですので、問題ありません」

「いやいやいや、こんなのがよくあるなんてダメです！　ちゃんと寝ないと疲れがとれないじゃないですか」

というか、四十辺家どんだけいろいろあるのよ!?　と突っ込みたくなった。

これに対して、仲井戸さんはどうしたらいいんだ、という顔で私を見た。

「そうですね……まあ、多少は疲れ……てるかもしれませんね」

「そりゃ徹夜したら疲れますよ。今日はゆっくり休んでください……って、休めるんですか？」

真顔で尋ねたら、仲井戸さんが変な顔をした。困っているような、どう説明したらいいかわからない、というような。

「言わないといけませんか」

「はい、できれば」

即答したら、仲井戸さんがこめかみに手を当てた。

「休める……とは思うのですが、私が休みたくないといいますか……仕事をしているほうが気が楽なんです。家にいてもとくにすることがないので」

一瞬冗談かな？　と思った。でも、仲井戸さんの表情から察するにそれは違う。

この人本気で言ってる。

「することがない……⁉　いや、あるでしょう！　洗濯に掃除、買い出しとか……あ、もしかして仲井戸さんって実家住まいですか？」

「いえ、一人暮らしです。なので、必ずしもやらなければいけないことはないんです」

「それじゃ家事はどうするんです。たまり放題じゃないですか。洗濯物とか」

私は、仲井戸さんの顔から表情が消えるのを見た。

「……金でカタがつくのであれば、私はそれを選びます」

彼の返事に唖然とする。

――家事しないの……？　てことは、服は全てクリーニングとか……？

「仲井戸さんて……その……うん……」

「……いいですよはっきり言ってくれて。そうです、私は家事が嫌いなんです」

「意外です」

「仕事の反動かもしれませんが、自宅ではおもいきり堕落した人間なんです」

堕落。仲井戸さんが、堕落……

言われてすぐ、頭の中で堕落している状態の仲井戸さんを想像してみるが、できない。

――もしかして仲井戸さんちってゴミ屋敷みたいなのかしら……？　気になる……

「なんか……堕落している仲井戸さんをこの目で見てみたい気がします」

何気なく言った言葉に、仲井戸さんがピクッと反応した。

「凌さんは……私の私生活に興味があるのですか？」

珍しい物を見るような目で見られた。興味を持つ人が珍しいのかな？

「はあ、まあ……だって、普段のこの姿とすごくギャップがあるじゃないですか」

「凌さんはギャップに弱い、と？」

「弱いかどうかは分かりませんけど、間違いなく興味はあります」

真顔で本音を漏らしたら、なぜか仲井戸さんが無言になる。どうしたのだろう、私、なにか変なことを言っただろうか。

自分がなにかやらかしたのではないかと、だんだん不安になってきた。

「あ、あの……仲井戸さん？」

仲井戸さんが私を見る。

「凌さん、さっきの話ですが」

「……は、はい？」

あ、戻るのね。

「休むのはいいのですが、一人で家に居ても何もすることがないのです。なので、凌さんさえよければ」

「？」

「休日を一緒に過ごしてみませんか」

「へ」

真顔で言われたけど、これってお誘いなのかな？　普通、デートの申し込みとかだともうちょっと雰囲気が和やかなのに、仲井戸さんから醸し出されるのはとても恋愛のそれとは思えない。

もしかしたら、そういう意味合いで言っているのではないかもしれない。

「それはどういった意味でですか？　仲井戸さんの言い方だと、ちょっと……よくわからなくて」

「言葉通りです。することがないので休日を欲していないのですが、あなたが一緒に過ごしてくれるなら休みもありかなと思ったので」

「なんで私なんですか？」

率直にそう思ったので聞いてみた。聞かれた仲井戸さんは腰に手を当て、じっと私を見つめる。

「凌さんに興味があるからです。私も普段のあなたが知りたい」

言い終えた仲井戸さんと私は、数秒無言のまま見つめ合った。

この微妙な空気の中で、私の頭の中はあることでいっぱいになっていた。

――知りたいってなに?? それ、どういう意味で言ってるの？ も、もしかして仲井戸さんて私のこと好きなんじゃ……

うぬぼれかもしれないけれど、こんなこと言われたら誰だって相手の好意を意識するのは仕方ないと思う。

聞いてみるか、やめるか。私の中でそれらがせめぎ合った結果、意図せず口から聞きたいことが漏れ出てしまう。

「なっ……仲井戸さんは、その……もしかして……私のこと……」

「はい」

答えようとしてくれる仲井戸さんは超真顔。それを見たらものすごい早さで相手の気持ちを知りたいという思いにブレーキがかかった。

――待って。もしかしたらだけど、仲井戸さん天然ってこともある……？ そうなると恋愛感情とはまったく違うところで私に興味を持っている可能性もあるわね……

そう思ったら、急に今の今まで仲井戸さんを意識していたのに、嘘(うそ)のように熱が引き、冷静になった。

「……な……なんでもありません。確かにお互い興味があるのなら一緒に過ごすのはいいかもしれませんね、是非お願いします」

「ありがとうございます」

OKしたら、仲井戸さんの口が珍しく弧を描いた。

「……ついでに、そろそろ敬語もやめてください」

五歳も年上の人にずっと敬語を使われているのが、どうもこそばゆくていけない。

「うーん……わかりました。でも呼び方は凌さん、でいいですよね？」

「それは構いません」

いきなり凌ちゃんとか凌、と呼び捨てにされたらそれはそれでなんだか……うん。

仲井戸さんがスマホを取り出し、何やら画面をスイスイとスワイプしている。

「となると日時を決めた方がいいな。凌さん、次のお休みはいつ？」

スマホに視線を落としながら聞かれる。

自分から言い出したことだけど、敬語を使わずに喋る仲井戸さんにドキッとした。なんだか、彼との距離がグッと縮まった気がする。

「つ……次の日曜です」

基本的に週末はご奉仕していることが多いのだが、今度の日曜はアルバイトさんがいるのでお休みなのだ。それに御朱印も平日はいない母が担当してくれるので、私がいなくても問題ない。

「日曜日が休日なのか。休日は忙しいと思っていたので意外だな」

「そ……そうですね、でも毎回じゃないですよ。今回はアルバイトの方が入ってくださるので休めるというだけで……」

「では、私もそこで休みを取ります。朝九時くらいに迎えにいけばいい？」

「は、はい」

「どこかに行ってのんびりしましょう。それとも、普段の私を知りたいのであれば部屋に来てもらうのがいいかと」

「えっ！」

まさかいきなり部屋に誘われるとは思わなかった。

驚く私を前に、仲井戸さんが目を丸くした。

「え。だめだった？」

「い……いいんですか!?　私がお部屋に入ってしまっても……」

「問題ないです。広いんですようち。姉がインテリア関連の仕事をしているせいで、ソファーなどの家具がしっかり揃(そろ)っているので。家の中でゆったり休むことはできるんじゃないかな」

「あ……はい、そういうことでしたら……」

彼の返答に少しだけ肩透かしを食らう。

——多分仲井戸さんて、男性が一人暮らししている部屋に女性を招く意味とかあんまりよくわかってないんじゃないかな……

もしかしてこの人、無頓着とか堕落とかじゃなくて、やっぱりただの天然かも。

「えーっと、お部屋にもお邪魔したいんですけど、まず外で食事とかはどうですか？」

いきなり家に行くのもどうかと思ったので、先に手堅く外で会うことを提案した。

「その方がいいね。うち、食べるものがなにもないし」

待ち合わせ場所と時間を決め終えて、軽く安堵する。

休日に二人きりでなんて、ほぼデートだ。私ったら、なに仲井戸さんとデートの約束なんかしちゃってるんだろう。

じわじわ仲井戸さんを男として意識し始めたとき、涼しい顔のまま彼がスマホをポケットにしまった。

「さっきの男の件に関しては、また連絡を入れます。犯人を捕まえたとはいえ、他にも仲間がいる可能性もあるので、はっきりしたことがわかるまで凌さんはこれまでどおり周囲に警戒して。いいね？」

「わかりました、気をつけます」

頷くと、また仲井戸さんが私をじっと見ていて、えっ？　となる。

外で会う約束はしたけど、なにか他にも言いたいことがあるのかな？

「あの、な、なにか……？」

「私のジャケットを着ている凌さん、可愛いね」

「……えっ!!」

可愛いと言われて、急に顔が紅潮していくのがわかる。

でも仲井戸さんはそんな私を眺めることなく、ずっと肩に掛かっていたインカムを手に持ち、話しかけていた。

「仲井戸です。車回してください」

彼がこう言ってから一分もしないうちに、黒塗りのワゴン車が私達の前に停まった。

「私はこれで」

「はい……あっ!! ジャ、ジャケット……!!」

私が慌てて着ている彼のジャケットを脱ごうとすると、それを仲井戸さんが手で制す。

「そのまま着てて。今度会うとき返してくれればいいから」

「……え、じゃあ、ありがたくお借りします……」

「じゃ」

私に一礼して、仲井戸さんが車の助手席に乗り込んだ。車は発進しながらハザードランプを数回点滅させ、そのまま走り去ってしまった。

「……はあ……」

なんだか、すごいものをたくさん見てしまった。

犯人が捕まるところとか、屈強なボディガードとか、仲井戸さんが人をぶん投げるところとか。

何気なく見下ろした自分はラフな部屋着の上に、男物のジャケットを羽織っているというなんともちぐはぐで変な格好。改めて見るととてもおかしくて、一人でクスクス笑ってしまった。

でも、ジャケットを貸してくれた仲井戸さんのことを思い返して、一人でほっこりした。

あの人は、考えていることはよくわからないけれど、優しい人だ。

外見も格好いいし、はっきり言って、彼のことを思いっきり意識している。

そんな人とデートの約束なんかしてしまった。

「やっぱりこれって、全部夢なんじゃないかな……」

そんな疑問を抱く私に、まだ温もりの残るジャケットが夢ではないよ、と訴えかけていた。

第三章

張り紙騒動のとき、私が叫んだあとそのまま犯人を追いかけてしまったので、慌てて外に出た父と景は訳が分からなかったらしい。でもそこに仲井戸さんが現れて【大丈夫だから自分に任せてくれ】と言い残し私の後を追ってくれたのだという。

「いやあ、あの仲井戸さんはかっこよかったなー。それに結局、全部仲井戸さん達が対応してくれたんだろう？　すげえ人達だなあ、さすが四十辺家」

あの一件だけで、仲井戸さんは景の心を掴んでしまったようだ。

そしてこの日の夜。事後報告という名目で、仲井戸さんが我が家にやってきた。

朝早くから動き回っていたとは思えないほど仲井戸さんはいつも通りで、ちゃんと休んでいるのかどうかが気になってしまう。

実家の和室に父と景、そして私と仲井戸さんという並びでテーブルを挟んで向かい合った。

「とりあえずあの男に仲間などはおらず、単独犯だということははっきりしました」

「他に仲間がいないというのは不幸中の幸いですが、結局なんであの男はマンション建設をあそこまで反対したんですかね？　施工会社や商店街になにか恨みでもあったのでは？」

父が解せない、という顔で仲井戸さんに尋ねると、彼はそれを静かに否定した。

「そういったことではなく、中古物件を買って引っ越しをしたばかりなのに、騒音などで静かな日常が脅かされるのが嫌だったそうです。神社への嫌がらせは、地元からの信頼が厚いここの神社が反対すれば、計画自体がなくなるのではないか、と勝手に思い込んだからだそうで」

これを聞いた父も私も景も、「はあ？」という顔になる。

「なにがどうやってそういう解釈になるんだ⁉」

「そうですよ。うちが反対したって計画がなくなるわけないじゃないですか」

「私達もその話を聞いたとき同じ事を思いましたね」

まず父、そして私が反論すると、仲井戸さんが苦笑した。

詳しく話を聞いてみたら、その男性は最初の説明会のとき、近くの席に座っていた年配の人達がこう話しているのを聞いたらしい。

『宮司さんも老朽化した建物をずっとそのままにしておくより、有効活用して若い世帯が増えてくれれば町も活性化すると言っていた。私達も宮司さんの意見に概ね賛成だね』

それをふまえて男性は、じゃあ宮司が反対すれば皆も反対する、と思い込んでしまったと。そこから一連の嫌がらせ行動に出てしまうとは、なんと短絡的なのだろう。呆れてものが言えない。

湯飲みに入ったお茶を一口飲んだ仲井戸さんが、困り顔で小さくため息をついていた。

「本人としては、軽く脅かして考えを改めさせたかっただけで、危害を加えるつもりは全くなかったそうです。でも投書をしても神社や商店街に動きがないことに苛立ち、徐々に行動がエスカレートしていったと。その結果意図せず警察沙汰になってしまい、家族にも知られて相当キツくお灸を据えられたようです。そもそも、商店街に近いところに家を買ったのも足の悪い奥さんが楽できるようにと、気を遣ったからだったそうですよ」


「家族いたんだ……」

景がぼそっと呟く。

「じゃあ、あの人って実は愛妻家ってことですか……？」

「そのようですね」

私の質問に、仲井戸さんが頷いた。

――いやあ……家族思いはいいけど、他人に迷惑かけちゃだめでしょ……。

残念ながら頑張る方向が間違ってる。私が奥さんの立場でもそう思うはず。

「どのような処遇になるかはまだわかりませんが、本人はだいぶ反省しているようなので、今後また同じような事が起こるとは考えにくいと思います」

「そうですか、それはなによりです」

父がホッとしたように頬を緩ませる。それを見届けたあと、仲井戸さんがお茶を飲み干した。

「では、私はこれで」

深く一礼したあと、仲井戸さんが腕時計に視線を落としながら立ち上がる。

「このたびは大変お世話になりました。本当にありがとうございました」

私達家族も立ち上がり、全員で仲井戸さんにお礼を言った。

「いえ、私は四十辺の当主直々の命に従っただけですので……またなにかあれば、いつでもご連絡ください」

謙遜しながら部屋を出て行こうとする。そんな仲井戸さんをお見送りしろという父に従い、私だけが外へ出て彼を駐車場まで見送ることになった。

敷地内にある参拝客専用駐車場に停めてある車は、これまでも見てきたあの黒い車だ。いつもは運転手の人がいるけれど、今日はいない。仲井戸さんが一人で運転してきたようだ。

「仲井戸さん、今回は本当にありがとうございました。お忙しいのに対応してくださって、すごく心強かったです」

「いえ。私としては凌さんを守ることができればそれでいいので」

仲井戸さんが、着ていたスーツのジャケットを脱いで助手席に投げながら、なんでもないことのように言う。

——なんか……息を吸うようにこっちが照れることを言うなあ、この人……

しかも、よく考えたら私、この人とデートの約束をしているのだった。

「仲井戸さん、また敬語戻っちゃってますね」

笑いながら指摘したら、しまった、という顔をされた。

「……すみません。直します。いや、直すわ……」

「仲井戸さん、あれから少しは休みました？」

彼はネクタイを緩めながら、虚を突かれたように私を見る。

「さあ、どうだっけな」

「絶対休んでないでしょう……働き詰めじゃないですか、ちゃんと休んでくださいよ」

こちらが訴えているのに、なぜか仲井戸さんはくくっ、と笑い声を漏らす。

「いやあ……それを言ったら凌さんだって。あんなに朝早くから起きてるんだ、あなたこそ早く休むべきだ」

仲井戸さんが笑顔で私に近づいた。

「わ……私はいいんです。朝早いのは慣れてますし、今日はもうすることもないので、寝るだけですから」

「私も、これで今日の業務は終了。あとは帰るだけ」

「そ、それなら……いいです」

私の返事に満足げな顔をした仲井戸さんが、突然「あ」という顔をした。

「そういえば、凌さんに大事な事を聞き忘れてた」

「大事なこと……ですか？」

なんだろう？　と小さく首を傾げる。

「休みを一緒に過ごす約束はしたけど、凌さん、今、恋人はいない？」

——今更……？

とは思ったけれど、確かにそういうデリケートな部分はクリアーにしておくべきだ。

「……は、はい。じゃあ、仲井戸さんは……」

「フリーです」

「そうですか……」

こんなことを聞いてくる人が実は彼女持ち、なんてことはないだろうとは思う。でも、改めていないことを知ってホッとした。

「あと、これは私がちょっと思ったことだけど」

「はあ」

「もしかして凌さんて、氏子さんからお見合い話をもらったりすることはあるの？」

「……はあ、まあ……ありますけど……」

でも、受けたことはないですよ、と返そうとして仲井戸さんを見る。が、彼が真顔になっていたので言おうとした言葉を飲み込んだ。

「えっ……な、仲井戸さん？」

「受けようとしたことはあるの？」

「ないです！　そりゃ、最近は年齢が年齢なのでちょっと考えたこともなくはないですけど、でも、やっぱり結婚するならお見合いよりも恋愛のほうが……」

照れ隠しついでにぶつぶつ言っていると、すぐ近くに仲井戸さんの気配を感じた。

「え……」

ハッとして見上げるのと、私の肩に手が乗ったのはほぼ同時だった。

何事かと仲井戸さんの動きを目で追うと、彼は私の耳元にくっつきそうなほど近い位置で、ある言葉を囁（ささや）いた。

「お見合いは受けないように」

「へ？　それは、なぜ……」

「そのままの意味です。では、私はこれで。夜分に失礼いたしました」

一礼して、車に乗り込んだ仲井戸さんは、そのままうちの駐車場を出て行ってしまった。

彼の吐息がかかった耳がまだ熱くて、私はしばらくの間、耳をさすることをやめられなかった。

とりあえず一連の騒動は解決したし、神社には平穏が戻った。でも、私は全然平穏じゃない。

「はあ……」

仲井戸さんとの約束の前日。奉仕を終えて夕食も済み自分の部屋に戻った私は、隅っこに置いてある紙袋を見つめ、ため息をついた。

紙袋の中身は、あの日クリーニングに出して今日戻ってきた、仲井戸さんのジャケットだ。

このため息は彼に会いたくないからとかではない。緊張のため息だ。

──だって……ずっと恋愛とか色っぽいことから離れてたのに、三十路を手前にしてこんなことが起こるなんて……

数年ぶりのデート？　に今日は朝から緊張しっぱなしで、奉仕中も落ち着かなくてお茶ばかり飲んで、お手洗いばかり行ってしまった。

相手はまさかの仲井戸さんだという事実が、余計に私を緊張させたんだと思う。

「一緒に過ごすって、一体なにをすればいいんだろう……」

そもそも仲井戸さんは、休日やることがないから仕事してた方が楽、という人。そういう人をどこに連れて行けばいいのか、さっぱり思いつかない。

って、私主導みたいに考えちゃってるけど。

それに本当の私が知りたいってどういうこと。それを知ったうえで、仲井戸さんはどうしたいのだろう。もちろん、私もだけど。

──私は……私はどうしたいのだろう。

最初に彼を見たとき、素敵な人だと思った。もちろん澄人さんや石内さんも素敵な人だけど、その二人とはまた違う、物静かな雰囲気がやけに印象的だった。

徐々に会話ができるようになって、結婚式での舞を素敵だと言ってくれた。主役の二人ではなく、完全に脇役である自分を見ていてくれたことがすごく嬉しかったからだ。

だから佑唯ちゃん達の結婚式が終わって、これでもう仲井戸さんに会えないと思うと寂しかった。それなのに、意図せずあの説明会で再会したときは驚いた反面、こんな偶然があるのだと神に感謝したい気持ちになった。

——あの～、私、仲井戸さんのこと、とっくに好きなんじゃない？　これが恋愛感情というのならば、もしやすでに……

「そうなの……？」

テーブルに肘を突き、両手で頭を抱えた。

氏子さんからあんなにたくさんお見合い写真とか、紹介の話をもらっておきながら、なんで私が好きになるのは、成就するハードルが高そうな人なんだろう。

というのは、仲井戸さんからは生活感というものが全く感じられないからだ。

本人が認めているように仕事漬けの日々。そこへきて仕事自体が名家の当主である澄人さんの秘書という、すでに日常が一般とかけ離れているような状況だ。

そんな人が、神社の娘である私と結婚して家庭を築くなんてことできるのだろうか——いや、絶対無理。結婚してほしいなんて言ったら、秒で無理です。ってきっぱり断られそう。

きっと人間として興味はあるけれど、あの人には私に対する恋愛感情なんてない。きっとそうだ。だとしたら……これ以上仲井戸さんと親しくならないほうがいいのでは？

だって、会えば今以上に好きになってしまう。そんなのはわかりきっている。

私はもう一度彼のジャケットが入っている袋を見る。

明日は約束の日。今更ドタキャンはしないけど、やっぱり食事だけして、このジャケットを返してお礼を言うだけにとどめておこうかな……

そうでないと、きっと自分が辛くなる。


当日の朝。私以外の家族がいつものように神社へご奉仕に行ったあと、私は自宅を出て待ち合わせ場所に向かった。

服装は大きな花柄がお気に入りの膝丈スカートに白いシャツをイン。その上から薄手のカーディガンを羽織った。必要最低限のものしか入らない白いショルダーバッグを肩から提げ、手には忘れちゃいけない、仲井戸さんに返す予定のジャケットが入った紙袋。

長い髪はそのままだと邪魔なので、サイドに寄せて緩い三つ編みにした。

気合いを入れた格好でもないけど、普段よりは気持ちお洒落(しゃれ)をしたつもり。

——まあ、たまにはいいよね？　こういう格好なかなかする機会もないし。

待ち合わせ場所に指定されたのは、うちの神社がある商店街の最寄り駅……ではなく、もうちょっと先にある急行が停まる大きめの駅。

その駅のロータリーにあるタクシー乗り場付近が待ち合わせ場所。約束の時間十分前に到着した私は、まず周囲を見回し、仲井戸さんの姿を探す。

車で来るのか徒歩で来るのか。そもそも仲井戸さんがどこに住んでいるのかも知らないので、彼がどの方角から来るのかすら分からない。せめて家の場所くらい聞いておけばよかった。

そんなことを考えながら、一台、また一台と客を乗せて走り出すタクシーをぼんやり眺めていたとき。

「凌さん」

声をかけられた。仲井戸さんの声だ。

はっとしてそちらを見ると、そこに仲井戸さんがいた。でも、なんだか雰囲気がいつもと違う。

これまではいつもパリッとしたスーツ姿か、道着姿だった。髪も整髪料で綺麗に整えて、隙がない敏腕秘書、という感じの外見だった。

それが、目の前にいる仲井戸さんは髪も整えていないので目の辺りまでうっすら前髪がかかっているし、服もスーツじゃない。

襟ぐりが空いた白いUネックシャツに、足首までの黒いアンクルパンツ。かなりカジュアルだ。でも、きっと服は上質な物なのだろう、生地も厚めで皺(しわ)があったりよれたりもしていない、ラフだけど清潔感のあるスタイル。

いつものスーツ姿は言わずもがな男らしくて色気もある。でも、このラフな普段着もいい。襟ぐりから覗(のぞ)いている鎖骨とかがエロ……いや、セクシーだ。

これまでとあまりに違いすぎて、数秒の間本当に仲井戸さんなのかを確認するために、じっと見つめてしまった。

「な……仲井戸、さん？」

「ごめん。待たせた？」

「いえ、待ってないです。それより、今日の格好ですよ。いつもと全然違うじゃないですか!!

差、差がありすぎですすよ!?」

驚きのあまりちょっとだけ声を張ったら、仲井戸さんが目を丸くした。

「それは……休みだから。休みにスーツなんか着ないし」

なにを当たり前のことを。という顔をされ、確かに。と納得せざるを得ない。

——わかってるけど。でも、見た目の印象が全然違うから……!!

若干消化不良気味で黙っていると、仲井戸さんが私の頭からつま先へと視線を走らせた。

「いつもと違うといえば凌さんもでしょ。この前のショートパンツも似合ってたけど、スカートも似合うね」

ショートパンツって、この前の朝の格好ではないか。

「……あのときは似合うなんて一言も言ってなかったですけど」

彼のジャケットを羽織っている姿が可愛いとは言われたけれど、ショートパンツに関しては怒られただけだ。

「あのときは状況が状況だったし。でも本当に似合ってたよ。凌さんは脚が綺麗だから。じゃ、行こうか。まずはどこかで食事でも」

「え、あ、はい」

――今、すっごくさりげなく褒めたね……

それに突っ込む隙を与えてくれないところが、なんとも仲井戸さんらしいというか、なんというか……

悶々（もんもん）としていると、彼の視線が私の手にある紙袋に注がれる。

「それは？」

「ああ、この前お借りしたジャケットです。お急ぎでクリーニングもしてもらったので、帰りにお返ししますね」

「クリーニングなんかしなくてよかったのに」

仲井戸さんがひょいっと紙袋を私から取り上げてしまう。

「あ、まだいいですよ！　荷物になりますし……」

「こんなの荷物のうちに入らない。行こう」

仲井戸さんが涼しい顔でスタスタと歩き出したので、慌てて後に続く。そのまま目的地に向かうのかと思いきや、彼は一旦足を止めて私が横に並ぶのを待ってくれた。ちょっとしたことだけど、こういうのが意外と嬉しかったりする。

――仲井戸さんて、女性の扱いに慣れてるのかな……

そりゃ、これだけイケメンで身長も高くてスタイルも良ければ、女性なんて掃いて捨てるほど寄ってくるはず。お付き合い経験が私の倍以上あってもおかしくない。

とっくに結婚してたっておかしくないのに、三十四歳でまだ独身。これってなにか理由があるのだろうか。

——聞きたい……けど、聞けないよね……。もしなにか理由があって結婚しないんだったら、私だってちょっとショック受けそうだし……

仲井戸さんへの気持ちは自覚しつつあるけれど、もちろんこの人と絶対結婚したいと思っているわけじゃない。けれど、最初からこの人の中で結婚という選択肢がないとわかったら、やっぱり多少なりとも彼を慕う女性からしたらショックではないだろうか。もちろん私も含めてだけど。

じわじわと、胸のあたりにグレーなものが広がっていく。

「……凌さん？」

考え込んでいたら、仲井戸さんの呼びかけに気付かなかったらしい。少し心配そうな顔で、彼が顔を覗き込んできた。

さらっとした黒髪がかかる目は切れ長で、眉の形もいい。とびきりの男前に見つめられて心臓がどくんと大きく脈打った。

「なっ……なんでもないです……」

「そう？　食事だけど、凌さんは嫌いな物とかある？」

「いえ、特にないです」

聞かれて、即答した。基本的に私は何でも食べるし、食べられる。

「私の上司がよく行く店に行こうかなと」

「はあ、上司さんが……って、それってもしかして澄人さんのことですか？」

私の問いに、仲井戸さんが「そう」と頷く。

澄人さんがよく行く店か〜。きっと美味しいところなんだろうな〜……と考えていて、ふと気付く。

——ちょっと待って。四十辺のご当主が行くような食事処でしょう？　それって……あの……すごくお高いところなのでは……!?

はっとなって仲井戸さんを見ると、スマホを取り出し、そのまま流れるようにどこかへ電話をかけようとしていたので、慌てて止めに入った。

「待って!!　念のため、どこなのか教えてください!!」

いきなりスマホを持つ腕を捕まれて、仲井戸さんがビクッとした。でも止めて正解だった。彼が電話しようとしていたのは、私でも名前をきいたことがあるような高級フレンチレストランだった。ランチで万札が飛ぶようなところだ。

「そ……そんなとこ行かなくていいです!!　普通で!!　普通でいいです!!」

「四十辺ではわりと普通なんだけど……」

「私、四十辺じゃないんで。それに、デートのたびに高いお店ばかりじゃ続かないですよ。こういうのは、記念日とか特別な日だけでいいんです」

私なりの思いを述べたら、どうやら彼も腑に落ちたらしい。なるほど、と頷いていた。

「そうか、そういうものなのか。じゃあ、今日は凌さんの好きなものにしましょうか」

「それでいいです」

初デートで高級フレンチ。別に全く問題ないけど、ただでさえ仲井戸さんと二人という状況に緊張しているので、今日に限ってはきっと食べた気なんかしない。なので、今いるところから徒歩で行けるランチの店を適当にスマホで検索した。

「あ、近くに良さそうなところがありましたよ。ベーカリーカフェで、もう開いてます」

「パン、好きなんだ？」

「好きですねー。どこがって説明しにくいですけど、片手で食べられて気軽ですし、味が好きです。食べると幸福感を得られます」

行きましょうか、と私が先に歩き出した。数秒後、すぐに横に並んだ仲井戸さんが、スッと手のひらを私に向けて差し出した。

なんだかわからなくて、その手をじっと見つめる。そんな私の態度に業を煮やしたのか、仲井戸さんがなかば強引に私の手を取り、あろうことかぎゅっと握ってきた。

「えっ！　あ、あの……」

「さっき凌さん、デートって言ったでしょ。デートなら普通、これくらいするのでは」

仲井戸さんがにやりとする。そこで、さっき自分がうっかりデートと口走ったことを思い出して、めちゃくちゃ恥ずかしくなってきた。

——あああ、私っ……!!　なに言って……

「す、すみません……私、うっかりしてて……」

彼にデートのつもりなどなかったかもしれないのに……。

恥ずかしくて彼の顔を見ることができずにいると、右斜め上の方からふっ、と吐息が漏れた気配がした。

「いや、間違ってないよ。私もそのつもりでいたんで。これはデートですよ」

「……!!」

きっぱり肯定されたことで、今度は違う意味で恥ずかしくなった。

——こ……こんなんで今日一日、耐えられるのかしら……

私にとって、ある意味修行のような一日の始まりだった。


ランチにと私が選んだ店は、大通りに面したビルの一階にある。茶色いレンガの壁が高級感を醸し出す、ハード系やデニッシュ系、サンドなど様々なパンが並ぶ巷(ちまた)では女性に人気のあるベーカリーだ。

ランチの方はまだ開店して間もないこともあってさほど混み合ってはいなかったが、パンの物販の方はなかなかの盛況で、人気があるパンはもう売り切れが出ているほどだった。

それを横目で見つつ、店の奥にあるカフェに移動した私達は、向かい合わせに座ってランチメニューを開いた。

「女性が多いな」

仲井戸さんが、腕を組みながら店内を眺めている。もしかして、こういうところにはあまり来ないのかな？

「そうですねえ……でも男性もちらほらいらっしゃいますよ」

ざっと店内を見回すと、小さな子どもを連れた家族や、恋人と思われる女性と一緒に来店した男性がわずかにいる。

「でも圧倒的に女性が多い。多分、今日凌さんが教えてくれなかったら、私みたいな男は一生こういう店とは縁がなかったかと」

「一生だなんて大げさな。仲井戸さんだって、たまにパンを食べたくなることありませんか？」

メニューに視線を落としつつ尋ねたら、すぐに「あまりないかな」と返ってきて、苦笑いしかできなかった。

確かに私の父や景も私が買ってきたパンは食べるけど、自分でパンを買いに行ったりはしない。

その辺を以前景に聞いたら、

『味は好きだけど、食事としてならお米を選ぶ』

と言っていた。

パンは、景からすればおやつの感覚に近いらしい。夕食のあとにパンが出てきたら、それはそれで食べる、とも言っていたっけ。

「……なるほど。確かに我が家も和食が多いので、あまりパンが主食としてテーブルに並ぶことはないですね。でも、だからこそたまに食べるパンを美味しく感じるんです。で、なんにするか決めました？」

「うん。Aランチで」

せっかくなので私も彼と同じものを注文すると、あまり間を置かずにランチのサラダが出てきた。サラダは、レタス、キュウリ、ニンジン、パプリカなどたくさんの野菜を使い、なかなかボリュームがある。すでにかかっているドレッシングがとても美味しい。

「このドレッシング美味しい……!!　野菜がどんどんいけちゃう」

ぱくぱく食べ進めている間、チラリと仲井戸さんを見る。大きく骨張った手でフォークを持ち、野菜を口に運んでいる。ただでさえ顔が整っているので、食べている姿も実に絵になる。

もちろん絵になるだけじゃない。さっき店に入ってカフェスペースに移動するとき、パンの物販コーナーにいた若い女性客が、仲井戸さんのことを目で追っているのを目撃してしまった。

間違いなく、あれはただなんとなく目で追っていたのではない。どう考えても仲井戸さんの容姿に惹きつけられて、目が離せなくなっている状態だった。

——さっきの女性。スーツ姿の仲井戸さんを見たらどんなリアクションをするかな……？　もし男性のスーツ姿が大好きな人だったら、たまらないものがあると思う。

「仲井戸さんって……」

ごくん、とサラダを飲み込んだあと、仲井戸さんを窺う。

「はい？」

「女性にモテるでしょう」

「………」

これまで、私の問いかけにはすぐ反応してくれていた仲井戸さんが、この質問に対しては珍しくすぐに返事をくれなかった。

「答えに困るくらい、モテてるってことですね？」

サラダを食べていた仲井戸さんが、静かにフォークを置いた。

「凌さんはなにか勘違いをしている。私は、女性からはそんなにモテません」

「絶対嘘です」

認めない私を前にして、仲井戸さんが小さく首を横に振った。

「なぜ信じてくれない……いいですか、私はいつも四十辺澄人と一緒にいるんですよ。女性の注目は全てあの人のところに行くのです。誰も私など見ていません」

モテないという言葉は全然信じなかったが、澄人さんと一緒にいると注目があの人に行く、のくだりには同意せざるを得なかった。

「あー、それはまあ……なんだかわかる気がします」

確かに彼の上司である澄人さんもかなりの美形だ。もちろん仲井戸さんも美形だけど、澄人さんの美しさはちょっと格別。だから、二人を前にしたときにどうしたって澄人さんの方に目が行ってしまうのは理解できるし、仕方ないと思う。

「でも、澄人さんがいない場所なら話は変わってくるでしょう？　これまでに結婚を考えるような相手とか、そういった話はなかったんですか？」

仲井戸さんがじっと私を見つめたあと、観念したようにため息をついた。

「まあ……ないこともないかな。ほとんどお見合いというか、紹介だけど」

「それは……うまくいかなかった、ということですか？」

「……まあ」

言いたくなさそうな空気が仲井戸さんから漂ってくる。

——なんでだろう。好みじゃない女性ばかり紹介されて嫌気がさした、とかかな……？

これ以上聞くのも申し訳ないような気がしてきたので、ちょっとだけ話を変える。

「じゃあ、仲井戸さんってどんな女性が好きなんですか？」

聞いてから、あ、しまった。と後悔した。こんなことを聞いて、もし自分とかけ離れた女性がタイプだったら絶対に凹(へこ)むのに。

なにをやっているのだ、私は。

でも、この質問に仲井戸さんは嫌そうな顔をしなかった。それどころかなにかを真剣に考え込んでいる。

悩ませたことに申し訳なくなって、聞かなければよかったと後悔した。

「あの、やっぱりいいです。こんなこと言いにくいですよね」

「いや、そうではなく。好みのタイプはとくにないかな。好きになった人がタイプなので」

「ああ……わかります。私もそんな感じかもしれません」

言われてすぐ納得してしまった。

確かに、優しいとか価値観が一緒とか、理想とするものはいくつかあるけれど、それだけが相手を好きになる判断材料というわけじゃない。

その人の持つ雰囲気とか、話し方、しぐさ。そういうものだって好きになる要素だったりするわけで……。

――それなら……私、仲井戸さんの話し方って好きだな。最初は口数が少ないって思ったけど、無駄にべらべら話されるより全然いいし……

加えて、普段はスーツでかっちり決めているのに、休日の今日は若干気怠(けだる)そうというか、アンニュイで、勤務中とのギャップがいい。

私の前でそういう姿を晒してくれたことが、嬉しくてたまらない。

——……まずいなあ……なんだか見れば見るほど、一緒にいればいるほど、私、仲井戸さんのこと好きだわ……

あっという間にサラダを食べ終えて、食べ放題のパンに手を伸ばす。小さくちぎったバゲットにオリーブオイルをちょっとだけつけて口に入れた。周りはパリパリしていて、中はしっとり。噛めば噛むほど小麦の味を楽しむことができる。

食べている間は無言でいい。だからこのまましばらく食べ続けていよう……と思ったのに、仲井戸さんがじっとこっちを眺めているので、反応せずにいられなかった。

「あの……なんですか？　私、食べ方変ですか……？」

実際、パリパリとしたバゲットのかけらが少々ランチョンマットに落ちているので、それが気になっているのかも。

「食べ方？　いや、普通……というか、綺麗な方だと思う」

「……そうですか？　じゃあ、なにか言いたいこととか……」

「言いたいこと……うーん、聞いてみたいことはあるかな」

思わずバゲットを食べる手を止めた。

「聞いてみたいことって……なんですか？」

「この前の話になるけど。凌さんは私の私生活に興味があるって言ったよね？　それは間違ってない？」

「ええ、まあ」

「それって正直、どこまでかなと」

真顔のまま、まっすぐに見つめながら言われ、一瞬頭の中が真っ白になってしまう。

——ど……どこまで⁉　どこまでって……

「どこまででしょう……」

「それを知りたいんだけど」

そんなの私に聞かれてもよく分からないのだが。でも……

「……わ、わりと深いところまで知りたいかなって、思ってます……」

彼はテーブルの上で腕を組みながら私を見ていたが、この返事にフッ、と笑って目を伏せた。

「そうか。じゃあ、俺の全てを曝け出しても問題ないってことね？」

それまで自分のことを「私」と言っていたのが「俺」に変わった。

「もちろんです。もしかしてまだ気を遣ってくれてたんですか？」

「多少ね」

呼称だけじゃなく、声の感じも変わった。なんていうか、本気で素を出しにきてる気がした。

「な……仲井戸さん、私よりも五つ上なんですしいいんですよ。もっと気軽に接してください。

私もその方が嬉しいです」

「馴れ馴れしいって思わない？」

仲井戸さんが軽く頬杖をついて見つめてくる。そのアンニュイなビジュアルがめちゃくちゃセクシーで、まともに見られない。

「おもっ……思わない、ですよ……」

——な、なに——!?　このセクシーさは……!!　本人の意識の違いだけでこんなに違うものなの!?

私の周囲にはこんなに色気のある人がいないので、はっきりいって免疫がない。この人と今日ずっと一緒にいるなんて、私に耐えられるのだろうか。

それくらい、アンニュイな仲井戸さんはヤバかった。

「だったら、凌さんも敬語やめたら」

「え、でも……私は年下ですし」

「そういうの関係ないから。俺は、凌さんとは対等な関係でありたい。あ、もちろん凌さんが俺を顎で使うとかは全然問題ないけど」

——私が、仲井戸さんを……使う!?

とんでもない言葉が出てきたな。

「そっ、そんな……！　なんで私が仲井戸さんみたいな人を使ったりできるんですか!!　無理ですよ、そんなの……」

「うーん……長年上司の下で働いているからかな。使われている方が楽というか、心地いいというか……もちろん、相手を尊敬しているとか好意を持っている、ていうのが条件ではあるけれど」

「へー」

へー……なんて軽く聞き流してしまったけど、ちょっと待って。

――今、仲井戸さんなんて言った？　尊敬とか好意とかって……

私に対して尊敬とかはあり得ない。てことは、もしや好意……？

それに気付いた途端、顔がボッ!!　と火が点いたように熱くなった。

「な、仲井戸さん!!」

「うん？」

「か……からかうのはやめてください」

これが私の精一杯だった。本当にこういうのはやめてほしい。これから美味しいメイン料理が来るというのに、味わえなくなりそう。

「からかってなんかいな……あ、来た」

タイミングよくメインの料理が来てくれてホッとした。このままじゃ私、顔でお肉が焼けるくらい熱を発しそうだったから。

この店のメイン料理は日替わり。今日は国産ブランド豚のソテーだった。マスタードソースと一緒に食べるお肉は、柔らかくて口の中でほろほろにほどけた。

「美味しいですね」

「うん」

結局まだ敬語を使ってしまっているが、仲井戸さんはそこに触れてこない。でも、食べている間の彼は、さっきよりも口数が少なかった。そのせいもあり、あっというまにメインを食べ終えてデザートがきた。お店で手作りしているという、バスクチーズケーキだ。

濃厚だけどしつこくない。コーヒーと一緒に食べると、これがまたよく合う。

デザートは仲井戸さんのような男性は食べるのかな？　と思っていたのだが、意外にも私がもうすぐ食べ終わる、という頃には仲井戸さんのデザートの皿は空になっていた。

「早いですね。甘い物ダメかなって思っていたのに、そんな心配いらなかったですね」

「実は全然イケるんで。同僚の石内も甘い物好きだし、意外と食べてるよ」

「へえ……じゃあ、私がお菓子とか作ったら食べてくれますか？」

話の流れで何気なく口をついて出た言葉に、あ。となる。

——し、しまった……手作りお菓子とか重たいかな……

こっちがヒヤヒヤしていると、コーヒーを飲んでいた仲井戸さんが顔を上げた。

「もちろん。凌さんが作ってくれるなら、なんだって」

「そ……そう、なんですね……」

——ヤバい、嬉しい。

仲井戸さんがこんな風に言ってくれるなんて、思いのほか嬉しい。

嬉しさでホクホクしていると、コーヒーを飲み終えた仲井戸さんが腕時計に目を遣った。仕事をしているときも嵌めている時計だ。

「まだ昼前だけど、凌さんはなにかしたいことある？」

「したいことですか……そうだな……」

考えながらちらっと仲井戸さんを見る。少し長めの前髪を掻き上げるその仕草にドキドキしながら、私はあることを考えていた。

——仲井戸さんのお宅に行く、というのはダメでしょうか……

昨日は昼食を食べてジャケットを返したら帰ろう、なんて考えていた。でも、いざ仲井戸さんに会ってしまったら、そんな考えはどこかにいってしまった。

まだ離れたくない。この人と一緒にいたい。

それに、この前にちらっとそういう話も出たけど、やっぱりこの人のことを知るためには部屋に行くのが手っ取り早いと思う。

もちろん、まだ付き合ってもいない独身男性の部屋に行きたいだなんて、本来は言うべきじゃないってこともよくわかっている。

でも、ダメだと頭で理解していても行きたい。この人のことをもっと知りたい。

その欲求に抗えなかった。

「あのですね」

意を決し、背筋を伸ばす。

「どこか希望があるの？」

「はい。仲井戸さんのお部屋に行きたいです」

仲井戸さんの切れ長の目が少しだけ見開いた。

「うち？」

「あっ、あの!!　この前、仲井戸さん仰ってたじゃないですか！　お姉さんがインテリアのお仕事していて、家具は揃ってるって……それを聞いてからずっと気になってたんです。仲井戸さんのお部屋ってどんななのかなあって……」

なんだか強引なこじつけに聞こえるかもしれない。でももうなんだっていい。

自分でも珍しいなと思えるくらい、必死で取り繕った。

変に思われるかなとかいろいろ考えていたけれど、当の仲井戸さんの反応は意外と普通だった。

「いいよ。出ようか」

仲井戸さんが席を立ち、先に出ていく。彼が希望を聞き入れてくれたことに気が抜けた私は、後を追うようにふらっと席を立った。

ぐるっと周囲を見回すと、私達が来たときはまだ空きがあったテーブルはすでに満席。空席待ちの列までできていて驚いた。

——いつの間にかこんなに……気付かなかった。

驚いているうちに仲井戸さんが会計を済ませてくれていたらしく、店員さんが領収書を彼に渡しているのを見て、ようやく支払が終わっていることに気がついた。

「え、あ!? か、会計……私の分、払います！」

「いや、ここは俺が。行こう」

財布を持ったまま戸惑っていると、仲井戸さんが店の出入り口に向かって歩き出した。しかもなぜかわからないけれど、いつの間にか手を繋がれていて、また驚いてしまう。

「えっ、あ、あの……」

仲井戸さんは驚く私に構わず、カフェの空席待ちで椅子に座って待つ人達の前を、私の手を引きながら歩いて行く。

多分手を繋いでいたからだと思うけれど、何人かの女性客から刺さりそうな視線を浴びてしまい、なんとなくいたたまれなくなった。

——はっ……恥ずかしい……!! こんなに人がいる前で手を引かれて歩くなんて、子どもの頃以来では……

並ぶ人達の中に知り合いがいないことを願っていると、店の外に出た仲井戸さんが私を振り返る。

「駅近くの駐車場に車を停めてあるから、車で移動しよう」

「は……はい」

「あと、家には何もないから、途中で買い物していくけど」

「……はい。なんとなくそんな気はしてました」

素直に頷いたら、仲井戸さんが笑いを堪えきれない、というようにフッと肩を揺らした。

「なん……凌さん、反応があっさりしてる」

「いや、そんな……こんなことくらいで何を言って。ほぼ毎日のように仕事してて、洗濯すらしないで業者にお任せなんて話を聞いたら、絶対冷蔵庫に食料なんかないな、ってわかるじゃないですか。あ、ちなみに冷蔵庫はあるのでしょうか？」

「あるよ」

あるんだよかった。なかったらどうしようかと思った。

仲井戸さんが車を停めたという駅近くの駐車場までは、徒歩五分くらい。その間、手を繋いだまま歩きながら、互いの生活のことを話した。

話を聞いていると、私以上に仲井戸さんの方が私の仕事を含めた日常に興味があるようだった。

「朝はいつもあんなに早いの？」

「へ？」

「ほら、この前。犯人を捕まえた朝。いつもあんなに早く起きてるの？」

「ああ、そうですね。大体いつも朝五時くらいから掃除を始めますんで……。今はまだいいんですけど、秋の落ち葉シーズンなんか大変なんですよ、掃いても掃いても片付かなくて。交代で一日中掃き掃除してるなんてこともあります」

「あれだけ広さがあるとそうなるか……大変だ」

「いつものことですから。でも、仲井戸さんだって朝は早そうですよね」

ん？　と仲井戸さんがちらっとこっちへ視線を寄越す。

何気ないその「ん？」がとても優しい声で、それだけで胸がぎゅっと掴まれたようになってしまった。

——やばい……一文字だけなのにドキドキしちゃった……

「確かに。でも俺は毎日じゃないから。上司の予定次第ってとこも大きいし」

横断歩道を渡り、駅に近い駐車場にやってきた。車を停めてある階まではエレベーターで移動し、彼の車を探す。

仕事では黒塗りの高級車に乗っている仲井戸さんは、普段どんな車に乗ってるのかな、と興味津々でいたら、普段も黒い車だった。でも、タイプは違う。後方がハッチバックになっているスポーツタイプの車だった。

「どうぞ。助手席でいい？」

「も……もちろんです」

普通に自分で助手席側に移動して乗り込もうとしたのに、先に助手席側のドアを開けられてしまう。

「な……仲井戸さん、私、自分で開けられますよ」

「まあ、いいから。どうぞ」

私が照れつつ車に乗り込んだのを確認してから、静かに車のドアが閉められた。

先回りしちゃうのは癖なのか、それとも職業病なのか。

なんだか落ち着かないなあ……と思っている間に、車に乗り込んだ仲井戸さんは早速エンジンをかけ、車を発進させた。そのまま慣れた手つきでハンドルを操り、大通りへと合流した。

「適当にその辺のスーパーに寄ります」

「はい」

宣言通り、彼は走っていた道沿いにある大型スーパーマーケットに入った。そこでカートを押しながら、飲み物や簡単にお茶菓子になりそうなものをいくつか買い込んだ。

ついでに仲井戸さんの夕飯になりそうなお惣菜(そうざい)を数品、私が選んで買わせた。そうでないと、カップラーメンで済まそうとするから。

――一緒に買い物すると、この人の食生活が垣間(かいま)見えるなあ……絶対食べることに興味ないでしょ。

むしろ仕事中の方がお弁当なり外食なり、ちゃんと食べるのかもしれない。そうなると、お仕事している方が楽っていうのもなんだか頷ける気がした。

買い物を終えた私達はリアラゲッジに荷物を積み、また車に乗り込んだ。

「仲井戸さんって、本当に食べることに無頓着ですね……」

「すみません」

「いや謝ることじゃないんですけど、体壊したらどうするんですか」

「壊したら……」

仲井戸さんがちらっとこっちを窺っているのに気付き、彼と視線を合わせた。

「凌さん、呼んだら来てくれる？」

「え？　そりゃ、まあ……呼ばれたら、行きますけど」

「じゃあ問題ない」

それだけ言って、また仲井戸さんが運転に集中する。

——あの……それは、どういう意味なんでしょうか……

考えれば考えるほど自分にとって都合のいい解釈になってしまう。でも、あまり期待しすぎると、違ったときのショックが大きすぎてダメージを負うことになる。

——深い意味を知りたいけど、これ以上聞くのはやめておこう……

車内になんとも言えない空気が流れている中、私達を乗せた車は仲井戸さんが住むマンションのすぐ近くまでやってきたらしい。

大通りから一本入ったところにある閑静な住宅街は、巷で高級住宅地と呼ばれている地域だ。

彼がこんなところに住んでいるなんて、ちょっと意外だった。

一体どこのマンションなんだろう、と周囲をチェックしていると、車がとあるマンションの敷地に入っていく。道を下り、そのままマンションの地下駐車場と思われるところに到着した。

パッと見た感じだけど、マンションは茶色いレンガ調の壁が目を引く三階建てくらいの建物だった。そのたたずまいと外観の雰囲気からして、ごく一般的なマンションではなく、富裕層をターゲットにしたマンションなのではと思った。それを裏付けるかのように、駐車場に並んでいる車も高級車が多い。

――お、お高いとこだわ、ここ……

これまでこういった場所には縁がなかったので、なんだかドキドキする。

「到着しました」

車庫入れを終え仲井戸さんがエンジンを止めた。先に彼がドアを開けたのを確認してから、私も車を降りて彼の後についていく。

「こちらにお住まいなんですか……」

「はい」

「……すごいとこですね」

「ああ、ここ身内の持ち物なんです」

涼しい顔でエレベーターに乗り込んだ仲井戸さんを、じっと見る。

——身内の持ち物……こんなところを所有できるなんてお金持ちとしか思えない。てことは。

「……それは、もしかして澄人さんが関係している、とか……？」

身内といわれて、親族ではないけれど近しい存在という意味もあるかと考え、澄人さんの名前を出した。

「ああ……いや。そっちじゃなくて。俺の親が、ってこと」

——仲井戸さんの親。

そういえば、偶然会った会合のときもお父様が物件を所有してると言っていた。もしかして、ここを所有しているのはお父様なのかしら。

ということは、仲井戸さんのご実家って……そういうこと?

もやもやしている間にエレベーターが目的の階で止まった。エレベーターを出て左に進み、突き当たりの部屋の前で仲井戸さんが止まる。

「ここです、どうぞ」

先に中に入った仲井戸さんがドアを開け待っていてくれる。お邪魔しますと声をかけて玄関に足を踏み入れた。

「き……綺麗……」

真っ先に感じたのは、とにかく中が綺麗だということ。掃除はもちろんされているのだが、それだけじゃない。全てが綺麗なのだ。

靴がなにも置かれていない広めの玄関から続く廊下の壁は、チョコレートブラウン。彼に先導され入ったリビングルームも同じ色で、インテリアはホワイト。広いリビングには観葉植物と大きなコーナーソファー、そして五十インチは余裕でありそうな大画面テレビ。はっきり言ってモデルルームのような部屋だ。

「お手洗いと洗面は廊下の途中にあったドアの向こうなんで、自由に使って」

ぽかーんとしている私に、仲井戸さんが声をかけた。

「途中……って他にもドアがあった気がしますけど、どれですか？　間違えてお部屋のドアを開けてしまったらいけないので」

「見られて困る物はないんで、どこを開けてくれてもいいよ。凌さん、コーヒーでいい？」

「は……はい」

——見られて困るもの、ないんだ……

仲井戸さんがキッチンに移動し、買ってきたばかりの食材や飲み物、惣菜を冷蔵庫に入れていく。キッチンも同じチョコレートブラウンとホワイトの二色からなるアイランドキッチン。我が家のキッチンに比べても広いし、きっとあまり使っていないからであろう、ステンレスの光沢がめちゃくちゃ綺麗。

——こ……こんなところで料理してみたい……

ムラムラと料理したい願望がこみ上げてくる。そんな私に構わず、淡々と仲井戸さんがコーヒーメーカーでコーヒーを淹れてくれた。

部屋中に淹れ立てコーヒーのいい香りが漂い、なんとも優雅な気持ちになる。

マグカップに入ったコーヒーを手に、二人でソファーに移動した。コーヒーは美味しいけれど、広くて綺麗すぎるこの部屋だとなかなか落ち着かない。

「す……すごく綺麗なお部屋ですね。このインテリアがお姉様の見立てなんですか？」

ほろ苦いコーヒーを啜りながら、また部屋を見回す。

「そう。勝手に見立てて、勝手に置いていった。気がついたら部屋ができあがってて」

仲井戸さんは向かいに座り足を組み、少々困り顔だ。そんな彼にこっちがクスッとした。

「いいお姉様ですね。こんなに素敵な家具を置いていってくれるなら、私だったら大歓迎ですよ」

「そういうもんかね。俺は、部屋なんかなんだっていいけど」

「そうですか？　でも、このソファーすごく座り心地がいいですよ。多分、気を抜いたら寝ちゃいます」

「寝ていいよ。それとも一緒に寝る？」

――!!

全く想定していなかった返事が返ってきて、持っていたカップを落としそうになる。

「あああ、あぶな!!　白いレザーにコーヒーのシミ作っちゃうところだったじゃないですか!!」

慌てる私を、マグカップ片手に仲井戸さんが目尻を下げながら眺めている。

「まあ、凌さんも、もうわかってると思うんだけど」

「……はい？」

「あなたが好きです」

好きと言われた瞬間、時が止まったような気がした。

「え、あの……」

「思い返せば、最初に会った時にはすでに惹かれていたような気がします。仕事とはいえ、本音を言えばあなたに会うのが楽しみで神社に伺っていた。でも、結婚式が終わったらあなたとの縁が切れてしまう。それをなんとか阻止したかった」

「……な、仲井戸さん……」

「とはいえ商店街の会合で再会したのは本当に偶然ですが。でも、あの場面であなたに会えたことは本当に感謝してるんです。だから、凌さんが俺に興味があると言ってくれたとき、もしかしてと思ったんです。あなたも自分と同じような気持ちを持ってくれているんじゃないかと」

話し終えた彼と、無言のまま見つめ合う。

「違いますか。これは俺がそう感じているだけですか」

仲井戸さんがまっすぐ気持ちを伝えてくれた。

——嘘……

気が抜けた。

正直言って、こんな風に思ってくれていたなんて、想像もしていなかった。親切にしてくれたのも、最初は上司である澄人さんの知り合いだからなのかと。

でも、そうじゃなかった。はっきり好きだと言ってくれた。

これは本当に現実なのかを疑うくらい、自分に起きている事が信じられなかった。

「違わないです。私も同じです」

仲井戸さんの目が大きく見開く。なにかを言おうと口を開いた仲井戸さんだったが、その前に私が思っていることを口にしてしまった。

「でも、仲井戸さんが……私のどこに好意を持ってくれたのかが、よくわからないです」

「なんで」

目の前で仲井戸さんが、ガクッと項垂(うなだ)れている

「だって私、仲井戸さんにしてもらうばかりでなにもしていないし……」

「なにかしてくれたから好きになる、っていうわけでもないでしょ？　俺は、凌さんがそこにいるだけで癒やされるんです。あなたの姿を見ているだけで幸せな気分になれる」

向かいにいた仲井戸さんがマグカップをテーブルに置き、立ち上がる。それを目で追っていたら、彼は私のすぐ隣に腰を下ろした。

「ちゃんと好きです。だから、信じて」

――ちゃんと好き。

その言葉がじわじわくる。そうか、ちゃんと好きなのか。

彼の言葉を何度も頭の中でリピートして噛みしめた。

「私も……ちゃんと好きです。仲井戸さんのこと」

私の言葉に、仲井戸さんが固まる。

「私も仲井戸さんのことが好きだから気になって、もっと知りたかったんです。お仕事モードじゃない、普段の仲井戸さんってどんな人なんだろうって」

彼が大きな手を口元に当てた。

「……それで、仕事モードじゃない俺は、あなたの好みだった?」

「はい。……すごく」

仲井戸さんが口を薄く開けたまま数秒無言になった。ゆっくりと大きな手で額を押さえる。

「まずいな」

「なにがです?」

「凌さんに手を出しそう」

「……え、あっ……!!」

そういうことが起きてもおかしくない状況にいることを、改めて気付かされた。

「え、え、あ、あの……でも、こればかりは仕方ないと思いますけど……」

自分でも何を言ってるのかわからなくなってきた。でも、私だって好きな人がすぐ近くにいたら触れあいたい。それを我慢できるほどできた人間でもない。

「いいの？　俺、手加減できるかどうか自信ないけど」

「ええっ⁉　て、手加減って……そんな」

——なにをどんな風にするつもりなの……⁉

戸惑っている間に仲井戸さんが距離を詰める。あっさり私の手からマグカップを奪いテーブルに置くと、彼は私の腰に手を回した。

「ごめん」

なにがごめん⁉　と考える間もなく、唇に温かい感触が押しつけられた。それと同時に頬と耳に彼の手が触れ、耳たぶのあたりを指で擦られる。触れられた右側が急激に熱を持ち始めた。

——あ……

唇を割って彼の舌が差し込まれる。舌を絡め深く口づけられると、背中がぞわりと震えた。

今、自分は仲井戸さんに求められている。唇から伝わる彼の熱からありありとわかるその事実が、私の中にある欲望に火を点けた。

この人が欲しい。

一度彼の唇が離れ、至近距離で見つめ合う。その間も彼の手が私から離れることはなく、指の腹でさわさわと頬に触れてくる。それが心地よい。

「好き」

たまらず口から今の気持ちが漏れ出た。言ってから彼を窺うと、すぐにまた唇を塞がれた。今度は私も彼の背中に手を回した。

「……凌さんの唇は、甘い」

味わうように唇を食みながら、仲井戸さんが言う。うっすら目を開けると、一瞬だけ彼と目が合った。でも、すぐに顔を横に傾けて深く口づけられてしまう。

「……っ、ん……」

止む気配のないキスをしながら彼が体重を預けてくる。腰をホールドされているのでソファーに倒れ込むことはないが、体重がのしかかるにつれ、キスが激しくなってきたような気がする。

口腔を蹂躙し、強弱をつけて舌を吸われる。

キスの経験がないわけじゃないけど、こんなに激しいキスは初めてだ。

——は、激し……これ、どうしたらいいの……!?

困惑している間もキスは続く。ドキドキしすぎているのと、キスが激しいのとで呼吸がうまくできない。

背中に回していた手は、気がついたら彼の胸の辺りのシャツをしっかり掴んでいた。

「な……仲井戸、さんっ……」

名前を呼んだらやっと唇が離れていった。その隙に大きく酸素を取り込もうとする。でも、またすぐキスで口を塞がれた。加えて、腰をホールドされたままソファーに仰向けで寝かされた。私の体をはさみ彼の手がソファーに突き立てられる。真上から見下ろされ、心臓が口から飛び出そうなほどドキドキした。

「凌さん」

「あっ……」

仲井戸さんが私の首筋に顔を埋めた。唇を押しつけ、そこから舌を這わせて鎖骨まで移動し、肌を吸い上げられる。

「……、んっ……！」

ざらついた舌が肌を滑り下りていく。その感触がこそばゆい。

肌を吸い上げながら、彼の手がシャツの裾から素肌を伝い胸の膨らみを包む。

――あ、胸……

気付いたときには、乳房を優しく揉まれていた。はじめはゆっくりと。でも、それは次第に激しくなり、私の口から甘い吐息が漏れ出てしまう。

「はっ……、ん……」

「……凌さんのここ、直接触れてもいい？」

彼がツンと立ち上がった頂を指で触れてくる。私が無言で頷くと、シャツとその下に着ているインナーが胸の上までたくし上げられた。

薄いピンクのブラジャーが彼の眼前に晒されると、顔に熱が集まる。彼はブラのホックは外さずに生地を少しだけずらし、顔を出した薄紅色の蕾(つぼみ)を口に含んだ。

「は、あっ……」

服の上から触られるのとは全然刺激が違う。ペロリとなめられるとビクン！　と大きく腰が揺れ、下腹部がきゅうっと締まるのがわかる。

彼は片方の頂を口に含みつつ、もう片方も露出させ、それを指で弄ぶ。舌でも手でも同じように先端を転がしつつ、たまに口に含んだまま引っ張ったり、指で軽く潰したり。

与えられ続ける刺激が強すぎて、もうなにも考えられない。

「はあっ……、や、やだ……っ……」

「いや？　やめる？」

ポロリと漏れ出た言葉に、仲井戸さんが素早く反応した。聞いていないと思っていたのに、ちゃんと聞いているなんて、ずるい。

「……っ、や、めないで……」

口を手で押さえながらもごもご喋った。すると、胸を弄んでいた仲井戸さんが顔を上げ、私の口を覆っている手を掴んだ。

「なんで覆うの。聞こえないでしょ」

肘で体を支えながら私の手を掴み、キスで口を塞いでくる。深く口づけられ、顔を背けようとしても追っかけてくる。逃げ場なんてない。

——く……苦しい……

唇が離れた途端「ぷはっ」となった。そんな私を見て、仲井戸さんがくっ、と片方の口角を上げた。

「苦しかった？　ごめんね」

「あ……謝るくらいなら、もっと手加減して……」

「俺、もうスイッチ入っちゃったから。多分無理」

仲井戸さんが私の髪を手に取る。緩い三つ編みにしていた毛束は、ソファーに倒れ込んでから私がジタバタしたせいもあり、すっかり乱れてぐちゃぐちゃになっていた。

「髪、乱れちゃったな。綺麗だったのに。ごめん」

彼が手に取った三つ編みの束を口元に持っていき、そこに口づけた。自分の髪に男性がキスをする、という絵面を見たことがなかったので、これには意図せず激しくときめいてしまった。

「い……いいんです。結び直せば済むことですから……」

「じゃあ、解いちゃおうか」

仲井戸さんが髪を結わえていたゴムを取る。長い三つ編みがゆるっとほどけて、ソファーに被さった。

「おろしてるのもいい」

長い髪を彼が指で梳いていく。こんなのは、美容室で男性の美容師さんにもやられていることなのに、相手が仲井戸さんだと感覚が全然違う。ときめきが直接子宮にくる。

「なっ……仲井戸さん……」

「ん？　どうした？」

「……っ、わ、私も、仲井戸さんに触りたいです……」

願望を口にしたら、仲井戸さんが目を丸くした。

「いいけど、どこに触りたいの？」

「と、りあえず……肌に触れたいです」

「わかった」

ざっくりとしか伝えていないのに、仲井戸さんがいきなり着ていたシャツを脱ぎ捨てた。目の前に現れた半裸の彼に驚きつつ、その逞しい肉体に目が離せない。

吸い寄せられるように彼のお腹に手を当てていた。

「すごい……かっこいい」

ついこの間、彼が道場にいるのは目撃したので、普段から鍛えているのは知っていた。でも、実際にこの体を見ると、鍛錬を怠っていないのがよくわかる。

綺麗に六つに割れたお腹と、鍛えるのが難しいと言われている脇腹にも余計な肉はない。

ペタペタ触っていると、堪えきれないとばかりに仲井戸さんが笑い出す。

「……っ、そんなに楽しい……？」

「え、あ？　は、はい、楽しいっていうか、すごいなって」

「じゃあ、俺も凌さんに触りたいんで、これ脱いでもらっていい？」

彼が私のシャツの裾を指でくいっと持ち上げた。確かに今の私の格好は、胸の上でぐちゃっとなっているシャツと、ブラジャーの隙間から胸の頂だけが露出したあられもない状態。改めて見ると酷かった。

「……っ、は、はい」

こんなんだったら全部脱いでしまった方が、まだいいかもしれない。

私は急いでまずシャツとインナーを、それからブラのホックを外してブラジャーを外した。

上半身が何も身に付けていない状態になったぶん、下半身だけ身に付けているのがなんだか変な気がしてならない。

「……下、脱ぎますか……？」

自分から申告したら、仲井戸さんが口に手を当て、フッ、と息を吐いた。

「俺としては大歓迎だけど、いいの？」

「そんなの、聞かないでください」

私は胸元を手で押さえながら立ち上がり、片手でスカートとショーツを脱いで他の服が落ちているところにそっと載せた。胸元を押さえたまま体勢を元に戻すと、仲井戸さんがじっとこちらを見ているのがわかった。

視線だけで犯されているような、熱い眼差しだった。

無言で立ち上がった彼が私に近づく。なにか言われるのかと言葉を待っていたのだが言葉はなく、そのまま抱きしめられた。

「凌」

初めて名前を呼び捨てにされて、きゅんと胸が高鳴った。その状態のまま唇が重ねられ、舌まで食べ尽くされそうな激しいキスをされた。

「ふ……っ、あ……っ」

腰が抜けそうになる私を、彼の腕が支えてくれる。その支える腕が私を持ち上げ、またソファーに寝かされた。

「……っ、あの……ソファー、汚れちゃいますよ……？」

「いい。構わない」

キスをしながら、仲井戸さんは私の股間へと手を伸ばした。すぐに探り当てた蜜口に指を差し込まれ、はっと息を呑んだ。

「っ、あ」

「……凌さん、感じてくれてたんだ？」

彼の指が私の中で蠢くたびにぐじゅぐじゅと水音が増していく。濡れているのは気がついていたけれど、彼に触れられると一気に蜜量が増すのがわかって、恥ずかしくなった。

「や、やだ。言わなくていいから」

「どうして。俺の指で感じてくれる凌さん、可愛いよ」

耳元で囁く仲井戸さんの声に吐息が混じるようになった。どうやら彼も私と同じように興奮しているらしく、そのことが嬉しかった。

私も、自分でも驚くほどこの状況に興奮している。久しぶりのこういった前戯に対してのドキドキとか、これから行われるであろう挿入のことも、想像するだけで子宮が痛いくらいきゅうっと疼く。

しかも、相手が仲井戸さんだなんて。

——こんな……こんな夢みたいなことってある……？

愛撫は、わりと執拗だった。指で奥の方や、気持ちのいいところを擦られるたびに、申し訳なくなるほど蜜が溢れた。多分ホワイトのレザーソファーにも滴り落ちていたのではないだろうか。

「も……いい……いいからっ……」

汚すのが悪くて、いやいやと首を横に振りつつ訴えた。でも、彼は全くやめようとしない。それどころが嫌がる私を見て余計興奮しているのか、手の動きはなお激しく私を攻め続けた。

「ねえ……本当に……ソファー、汚しちゃうからっ……」

「いいって。むしろ凌さんに汚してほしい」

汚してほしいなどという言葉が、仲井戸さんの口から出たことに唖然とした。

「仲井戸さん、あの……ちょっと変態……」

「確かに。キモいね、俺」

胸の頂を吸い上げていた仲井戸さんが、笑いを堪えきれずふっ、と息を吐いた。胸の先で吐息を吐かれると、唾液で濡れているせいもあり余計にひんやりした。それがまた、私の快感を後押しする。

「っ……!!」

高まりつつあった快感がすぐそこまで到達している。絶頂はすぐそこだ。

――あ……やば、イキそう……!

彼の腕を挟んだまま太股を擦り合わせ、快感を逃そうとする。でもこの行動だけで彼にイキそうなことがバレてしまった。

「淩さん、イキそう?」

質問に対し、無言でうんうん頷くと、仲井戸さんが私の中からゆっくり指を引き抜いた。

「じゃあ……一度イッとく?」

「……っ、は……あっ……!」

多分これ、もう我慢なんかできない。もしかして挿れてくれるのかな、とふんわり思っていたら、違った。

仲井戸さんは体をずらし、私の股間に顔を埋める格好になった。それを視界の端で捉えた私は、思わず上体を起こした。

「え、あ、待っ……」

私がM字に開脚している足をがっちりホールドして、仲井戸さんが襞の奥にある小さい快感ポイントを執拗に攻めはじめた。

「っ、あんっ!!」

最初の一舐めがバチン、と強い刺激を与えてくる。それだけで腰がひくつき、さらに蜜が溢れたのがわかった。

「や……っ、だめ、それだめ……っ!!」

気持ちよすぎて目尻に涙が浮かんでくる。つい逃げ場を求めて腰を引くけど、足を捕まれているので逃げられない。

「もっ……無理いっ……あ、んんっ――――!!」

また与えられた刺激であっけなく達してしまった。かろうじて上半身は起こしたまま、肩で息をしながら天井を仰いだ。

我が家よりも高いまっ白な天井。それを見つめながら呼吸を整え、視線を自分の体に戻すと、上体を起こした仲井戸さんが目に入った。

「入ってもいいですか」

熱っぽい瞳でそんなことを言われたら、頷くしかできない。というか、この場面で敬語っていうのがじわじわくる。

「……は、はい」

頷くと、仲井戸さんがちょっと待ってて、と半裸でリビングを出て行く。この隙にさっき飲んでいたコーヒーで渇ききった喉を潤した。

——仲井戸さん、なんか……普段と全然違った……

かっちりした秘書のイメージとは完全に真逆で、色気に溢れた彼にドキドキしっぱなしだった。甘い雰囲気を纏わせた仲井戸さんはすごくセクシーだった。

さっきまでの事を反芻するだけで下腹部がきゅうっと切なくなる。

そんな仲井戸さんと自分がこれから……と、想像するだけで倒れてしまいそう。

「あ、喉渇いた？」

戻ってきた仲井戸さんは、私がマグカップを持っている姿を見てキッチンに移動し、冷蔵庫からミネラルウォーターが入ったペットボトルを持ってきてくれた。

「あ、ありがとうございます……」

マグカップを置き、ペットボトルを受け取ろうと両手を空けて待つ。私の前に来た仲井戸さんは何を思ったか、無言のままペットボトルの蓋を開けると、そのまま自分の口に運んだ。

ん？　と思いながらその様子を眺めていると、水を口に含んだ仲井戸さんが私に近づく。まさか、と思っていると案の定、水を口移しで飲ませてくる。

――なっ……なんで……!!

彼の口を経由してきた水は、驚きのあまりすぐにゴクンと飲み込んでしまった。

嬉しいけど、めちゃくちゃびっくりした。

「……っ、あの……び、びっくりしたんですけど……」

「ちょっと驚かせようかと思って」

ソファーに腰を下ろした仲井戸さんが、小さい箱をテーブルに載せた。見て、すぐにそれが避妊具の箱だとわかった。

――ちゃんと部屋にあるんだ。

そのことに胸がチリッ、とした。

もしかして以前の彼女と使っていたものだったりして、などと余計な勘ぐりをしてしまう。

「……ちゃんとあるんですね、避妊具……」

ぼそっと口から出たぼやきが聞こえたらしく、仲井戸さんがこっちを向いた。

「前の彼女と使ってたもの、とかじゃないよ」

ズバッと当てられて怯みそうになったけれど、疑問に思っていたことを完全に否定されホッとする。

「好きな人ができたら念のため用意はするんで」

好きな人、のところでもうダメだった。恥ずかしくて、彼を直視できなかった。

「あ……ありがとうございます……」

「いえ」

手際よく避妊具を着け、彼がソファーの上に四つん這いになる。そのまま私のところまで来た彼は、チュッと軽く唇を吸い上げるキスをしながら、私を横たわらせた。

軽く膝を曲げて脚を広げられ、その間に彼が体を割り込ませた。ピタリとあてがわれた屹立が、ゆっくりと私の中に沈み込んでいった。

「あ……ん……っ」

「……痛い？」

ふるふる首を横に振った。

数年ぶりの挿入はもっと痛いものかと想定していたが、意外とそうでもなかった。きっと前戯を長めにしてくれたからだろう。

すんなりと彼は奥に到達。痛みを感じなかったこと、彼を受け入れることが出来たことに安堵しつつ、自分の中に仲井戸さんがいることに喜びを感じた。

「大丈夫……気持ちいい……」

彼の首に腕を回して、がっちりしがみつく。彼も同じように腕を回し、私を抱きしめてくれた。

「凌」

挿れたまましばらくそのままで、また彼が唇を合わせてくる。舌を絡ませながらしばらくキスに集中していると、銀糸を引きながら彼が離れた。

彼が腕で自分を支えながらゆっくりと腰を引き、突き上げてくる。最初は私の様子を確かめるようにゆっくりと。気持ちいい場所を探るような動きだったのが、徐々に突き上げる速度が速まっていった。

「……っ、あ、あ、……っ!! 、はっ……」

腰を打ち付けるスパンがだんだん短くなっている。それに伴って、彼の呼吸も荒くなってきた。

そういえば私は一度達しているけれど、仲井戸さんはまだだった……など。ぼんやりし始めた頭でそんなことを考えていた。

「……なに考えてる?」

「えっ」

「この状況で、なにか他のこと考えてたりする?」

半笑いで聞かれて、首を左右に振った。

「違う……そうじゃなくて、私と違って仲井戸さんはまだイッてなかったなって……」

私が意外なことを考えていたからだろうか。少し目を丸くした仲井戸さんが、はっ、と笑い声を漏らした。

「そんなこと考えてたのか……お気遣い、どうも。でも大丈夫。もうすぐイくよ」

すうっと息を吸い込んだ仲井戸さんが、突き上げる速度を上げた。パン、パン、という腰と腰のぶつかり合う音が頭の中でだんだん大きくなっていくと、考え事をする余裕はなくなった。

「あ、あっ……なか、いどさっ…………あ、んっ!!」

突き上げている最中も乳房を手で掴み、ぐにゃぐにゃと捏(こ)ねられる。その際、指で先端を擦られたり摘まれたりされて、だんだんと私の中でまた快感が高まっていく。

「……っ、しまる……凌さん、気持ちいい？」

「やっ……きか、ないっ、で……!!」

眉根を寄せ、仲井戸さんが苦しげになる。彼のこんな表情は初めてでキュンとした。

――もっと……もっとこの人のこういう顔が見たい。誰にも見せないような顔が……

それを見ることができるのは恋人だけだ。自分だけ。その事実に優越感を抱きながら、私は首に絡ませていた腕に力を入れ、彼を引き寄せた。

「好きっ……大好きっ……!」

溢れる気持ちを伝えたら、私の中にいる彼の存在が大きくなった。ドクン、と大きく脈打ったそれを、彼が奥の方へ強めに押しつけてきた。

お腹の奥の方への刺激が、さらに私を絶頂へと後押しする。

「や……あ、ああっ……――!」

足先をピンと伸ばし、彼をくわえ込んだまま達してしまう。その結果きゅうきゅうに締め上げられた彼も、ほぼ同じタイミングで達したようだった。

「うっ……」

私と体を密着させながら、彼の体が小さく震えた。被膜越しに精を吐き出したのだろう、それが終わった途端彼がくったりと私に体重を預けてきた。

「……っ……」

まだ肩で息をしている状態のまま、無言で呼吸を整えている仲井戸さんを見つめる。

汗ばんで髪が額に張り付いているのがセクシーで、今の今まであんなことをしていたくせに、改めて彼にときめいた。

彼が若干固さを失った自身を引き抜き、避妊具の処理を済ませる。全裸のままテーブルに置いてあった水を飲み、私にも渡してくれた。

ありがとうとお礼を言ってから水を飲んでいると、彼がはあー……とため息をつきながら項垂れているのが目に入った。

「……どうかしたんですか？」

仲井戸さんが申し訳なさそうな顔でちらっと私を見た。

「いや……自制するつもりだったのに、負けて。その結果ベッドじゃなくソファーでこんな……凌さんに申し訳なかったな、と……体は痛くない？」

「大丈夫ですよ」

むしろこんな柔らかいソファーの上で申し訳ないくらいだ。

しかし、未だ二人とも全裸という状態に気づき、今度は恥ずかしくて死にそうになる。
こんなときにサッと体を隠せそうな布団もタオルもないのだ、どうしたらいいんだ。
「あっ……じゃ、じゃあ、今度はベッドでお願いしてもいいですか……？」
お願いしたら、仲井戸さんが「もちろんです」と項垂れた。
こんな風に落ち込む仲井戸さんも可愛い。
ますます彼のことが好きになった。

第四章

数年ぶりに恋人ができた。

先日のデートではかなり濃厚な時間を過ごした。好きと自覚すると気持ちが溢れて止まらなくなり、とにかく彼と離れたくなかった。その結果、翌日の仕事に差し障りがないぎりぎりの時間まで彼の部屋に滞在することになってしまった。

そのせいなのか、それとも私が意識しすぎているからなのか、翌日の今日はまだ体の中に彼がいるような感覚が残っている気がする。

——今でもすぐに思い出せる。彼の手の感触や、吐息を。

彼の手によって与えられる愛撫は、思い出すたびに私を蕩けさせた。甘くて優しいときもあれば、時々荒々しく私を翻弄したり。

あの人は好きな女性に対してあのように触れてくるのだと、身をもって知った。

「恋って……いいもんだな……」

神社の敷地内にある池の鯉に餌をあげながら、ぼそっと呟く。

ここ数年恋愛から離れていたのは、付き合うというのが面倒とか、相手を見つけるのが面倒だとか、何かにつけて面倒くさい、と思っていたからのように思う。

でも、実際また経験すると恋っていいなと心から思った。好きな人がいるだけで心がほっこりするし、人にも優しくなれるような気がしてくる。

水面からパクパクと口を出している鯉に残っている餌をあげて、餌やりは終了。

社務所に戻り、いつもとは違い少しフワフワとした気持ちでご奉仕に勤しんだ。

夕方五時で社務所を閉め、実家に戻った。

私服に着替えてからエプロンを身につけ、夕飯の支度をしようと冷蔵庫を覗き込んでいると、家のインターホンが鳴った。

「はいはーい」

夕方五時以降じゃないと家に人がいないのを知っているご近所さんかな？　などと思いながらキッチンに備え付いているモニターを確認すると、そこにいたのはなんと仲井戸さんだった。

「は⁉　なんで⁉」

来るなんて一言も言ってなかったはず。慌ててエプロンのポケットに入っているスマホを確認したけれど、メッセージも着信もない。

どういうこと⁇　と頭の中をクエスチョンマークだらけにしながら、玄関に向かった。

引き戸を開けると、顔を見るなりニコッと微笑まれて、意図せずキュンとしてしまう。

「凌さん。こんばんば」

「こ、こんばんは……って、どうしたんですか？　急に……」

ここまで話していて、もしかして先日の件で何かあったのかも。という考えが頭をよぎった。

「もしかしてまたなにか……？」

仲井戸さんの目を見て恐る恐る尋ねた。でも、彼はすぐに私の不安を払拭するように首を横に振った。

「違う違う。そうじゃなくて」

「なくて……？」

「その後、神社でなにも起きていないかの確認をしに」

「あ、なーんだ。そういうことだったんですね」

なるほど。と納得しかけたとき。仲井戸さんの表情が柔らかくなった。

「……というのは表向きで。本当はただ、凌さんに会いたかったから」

「えっ……」

仲井戸さんと見つめ合ったまま、数秒固まってしまった。彼も私から目を逸らさないし、私も逸らせない。

ドキドキが大きくなりはじめたそのとき。家の奥から「凌？」と私を呼ぶ父の声が聞こえてきて、反射的に振り返った。

「あっ……!!　は、はーい!!」

「どなたかいらしてるのか。……あれ。仲井戸さん？」

廊下の奥から歩いてきた父が、引き戸の向こうにいる仲井戸さんを見て驚く。そんな父を前にして、仲井戸さんが事務的な笑顔になった。

「こんばんは。突然すみません。あれから神社周辺でなにか起きていないか気になったもので」

――あ。仲井戸さん、嘘ついたな。

「そうでしたか。お忙しいのにわざわざすみません。お陰様であれから穏やかな日々が送れていますよ」

「そうでしたか。それを伺って安心いたしました」

仲井戸さんの気遣いに心から感謝している様子の父に、少しだけ心が痛くなる。

父はまだ私と仲井戸さんが付き合っていることを知らない……。

「そうだ、仲井戸さん。せっかくですからうちで夕食を召し上がって行かれては？　もうお仕事は終わりなんでしょう？」

「えっ」

いきなりこんなことを提案してきた父に、思わず私の声が漏れる。私の反応に、仲井戸さんがこちらをチラ見した。その顔は複雑そうだった。

「そう言ってくださるのは嬉しいんですけど、凌さんの手間が増えてしまうのでは」

「あ、いえ。四人分作るのも五人分作るのもほとんど変わらないですから！　今日のメインは肉じゃがなんですけど、お好きですか？」

もし肉じゃがが苦手とか、嫌いだというのならどうしようもないんだけど。なんていう、私の気がかりは杞憂に終わった。

「大好きです。凌さんが作る肉じゃが食べてみたいです」

にこりと微笑む仲井戸さんが可愛く見えて、またキュンとした。私、この人を前にするとキュンキュンしてばかりだ。

――じゅ……十代か、私は……

「じゃ、問題ないですね。どうぞ、あがってください」

「では、お邪魔します」

父に勧められた仲井戸さんが、靴を脱いで我が家に上がる。脱いだ靴をきっちり揃える姿を見届けてから、キッチン内にあるダイニングテーブルに案内した。ダイニングテーブルは六人用で、仲井戸さんが座っても問題ない大きさである。

メインとなる肉じゃがは、昼休みに仕込んでおいたのであとは温めるだけ。あとは味噌汁や葉物野菜のお浸し、家で漬けているぬか漬けを切って出すだけだ。

作業内容は簡単なことばかりなのに、背後から仲井戸さんの視線を感じているせいか、どうも動きがぎこちなくなる。

「あの……仲井戸さん？」

「はい」

「見過ぎじゃないですか」

この場に父がいないということもあり、仲井戸さんとの会話も元に戻った。

「いやあ……この状況だったら、普通見るでしょ。料理している凌さん、いいね。来た甲斐があったよ」

「いいって言われても、こんなのごくごく普通のことですし……」

褒められるようなことでもないと言おうとしたら、その言葉を彼が遮った。

「普通でもなんでも、凌さんの日常を見られることが幸せなんだよね」

ダイニングテーブルに頬杖をつき、何気なく彼が呟いた言葉に赤面してしまう。

「なっ……なんてことを言うんですか!!」

「んー？　でも、事実だし。願わくばいつも凌さんのこういう姿を見ていたいなあと……」

「なっ、仲井戸さん!!」

声を荒げる私に、仲井戸さんが、くっ、と可笑しそうに肩を揺らす。

「顔、真っ赤だよ」

「誰のせいですか……」

「ごめんね。でも嬉しくって。だからちょっとテンションがおかしくなってる」

クスクス笑っている仲井戸さんは、確かに彼が言うようにいつもとどこか違う。

素の仲井戸さんって、こんな人なんだ。

「……私も、そういう仲井戸さんが見られて嬉しいですよ。でも、ここ実家なんで。申し訳ないんですけどちょっと抑えてくださいね」

家族がいる前で怪しい行動をされたら、絶対怪しまれる。もちろん、付き合っていることを話しても問題はない。でもまだ日が浅いこともあって、その覚悟ができていない。

——だって、付き合ってるなんて話したら、絶対両親は結婚を意識するでしょ？　私はいいけど、仲井戸さんは付き合いたてで結婚なんて言われたら、引いちゃうかもしれないし……

そんなことで彼との関係がギクシャクするのはイヤだ。

「感情を抑えることは得意だから問題ない。そのぶん、二人きりになったら甘えさせてもらうから」

笑い混じりの声に、本気なのか冗談なのか悩むところではある。それはさておき、食事の支度を済ませなければと急いで夕飯の支度をした。

味噌汁ができあがったころ、ダイニングに父と、景がやってきた。母はまだ仕事で遅くなると連絡があったので、四人で夕食となった。

「いただきます」

父がこう言うと、全員それに続いて手を合わせ、いただきますと唱えた。

私はというと、目の前にいる仲井戸さんのことがどうしたって気になって、料理の味がよく分からない。

——大丈夫かな……いつも通りにできてるかな。

肉じゃがを食べながら不安になっていると、目の前から「美味しいです」という声が聞こえてきた。

「すごく好みの味です。凌さん、お上手ですね」

私を見て微笑む仲井戸さんに、不安が吹っ飛ぶ。

「あ……ありがとうございます。よかった〜」

胸に手を当て、わかりやすく安堵してしまった。

「実家の味を思い出しましたよ」

「もしかして、仲井戸さん、家庭料理に飢えてたんですか？」

箸を持ちながら、景が冗談めかしく仲井戸さんに尋ねた。

「そうですね、一人だと冷たくなった弁当とか、簡単なものばかりなので。こうやって温かいものを誰かと食べるというのは、すごくいいものだと思いました」

しみじみ語る仲井戸さんに、今度は父が食いつく。

「仲井戸さんは普段お一人ですか。澄人さんとは一緒に食事したりしないんですか？」

「しますけど、最近は結婚したとあって、以前より自宅で食事をとることが増えましたから。私は余りものの弁当をいただいて、自分の部屋で食べることが多いですね」

——あー、家事なんもしないもんね……そうなるか。

彼の話を聞きながら、心の中で頷く。

「だったら是非またいらしてくださいよ。なあ、凌」

「んっ？　うん、そうね。是非」

急に振られてびっくりしたけど、あくまでいつも通りの態度を貫いた。

「はい。ありがとうございます。是非またご一緒したいです」

仲井戸さんもこれまで通りの態度で、穏やかに微笑んだ。

夕食タイムは和やかに進み、食べ終えた仲井戸さんが父と景に挨拶をして、我が家を後にする。

「思いがけず夕飯をいただけてラッキーでした。本当に、凌さんの作った肉じゃがは絶品でしたよ」

靴を履きながら、仲井戸さんが褒めてくれる。普段当たり前のように夕飯を作っていても、家族が褒めてくれることはあまりない。

それに褒めてくれたのが好きな男性なのだから、これ以上の喜びはない。

「ありがとうございます。素直に嬉しいです」

靴を履き終えた仲井戸さんが、こちらを向いた。

「凌さん、少しだけいいですか」

「ん？　はい」

何の気なしに靴を履き、玄関を出た。その途端、仲井戸さんに腕を引かれ、彼の胸に飛び込む格好になってしまった。

「え、ええっ!?」

彼の腕が私の体に巻き付いた。そのままやや強めに抱きしめられる。

「ごめんいきなり。でも、ずっと我慢してたんで、ちょっとだけ触らせて」

「……それは、私もです……」

仲井戸さんだけがそう思っていたんじゃない。

私だって顔を見たときから、彼に触れたくてたまらなかった。でも、ここは実家だし、父や景もいるし無理だろうなと諦めていた。

だけどこんなふうに触れられたら、私の欲望の箍（たが）が外れてしまいそう。

――仲井戸さんの香り……好き……

「凌さんもそう思ってくれてたのは嬉しいな」

私の体に巻き付く腕の力が少し強くなった。その強さが私への思いに比例している気がして、なんだか嬉しい。

できることなら、まだしばらくこのままでいたい。でも、ここは実家の玄関前。さすがにずっといちゃいちゃしているわけにもいかない。

「あの……もっと触れたいのはやまやまなんですけど。は、母が……帰ってくるかもしれないので……」

仕事を終えた母が帰宅するのは大体いつもこのくらいの時間だ。いつ、ここに現れてもおかしくないのである。

「そうか。じゃあ、仕方ないか」

彼とくっついていられないのは寂しいけれど、また別の機会に……なんて思いながら離れようとした。しかし、なぜだかいきなり腰に手が添えられ、ぐっと彼に引き寄せられた。

「えっ⁇」

困惑する間もなく、彼の綺麗な顔が目の前に迫り、勢いよくキスをされてしまった。

――‼

玄関前でこんなことをされるなんて思ってもいなくて、完全に意表を突かれた。後頭部を手で押さえられながら舌を差し込まれたけれど、驚きすぎて反応ができない。

「……びっくりした？」

キスを終えた仲井戸さんの第一声は、これだった。

反射的に口を手で押さえながら、少しだけ彼を睨む。

「しましたよ‼　は……母が帰ってくるって言ったのに……もし見られたらどうするつもりだったんですか……‼」

「ちゃんと説明するから大丈夫だって」

きっと彼は、母を前にしてもたじろぐことなく、きちんと自己紹介をして真摯に対応してくれるのだろう。それはなんかわかる。

でも私が言いたいのはそういうことではない。簡単に言うと、家族の前で恋人とキスをしたりいちゃいちゃするのが恥ずかしいからだ。

――仲井戸さんはそういうの恥ずかしいって思わないのかなー。だとしたら、やっぱりちょっと変わってるかも……

心の中でそんなことを考えていると、仲井戸さんの手が私の頭の上に乗った。

「驚かせてごめん。でも、会えて嬉しかった」

「あ、はい。私もです。来てくれてありがとうございました」

「うん。今度は凌さんがうちに来て。いつでも待ってるから」

彼の大きな手が私の髪を撫でる。

「はい。じゃ、また連絡します」

彼の目を見ながら答えたら、髪を撫でていた手が、一瞬だけ頬に触れた。

「待ってる。じゃ」

微笑んだ仲井戸さんの美しいことといったらない。美男子の笑顔にぽーっとなりかけたけれど、彼が踵を返したので、慌ててお見送りをする。

「気をつけて！」

軽くこっちを振り返って手を上げた仲井戸さんに、私も手を振り返した。神社の駐車場の方へ駆けていったので、きっとそこに車を停めてあるのだろう。

姿が見えなくなった瞬間、どっと気が抜けた。

――あー……、行っちゃった……

別れたばっかりなのに、すでに寂しさが襲ってくる。でも、さっきまでのいちゃいちゃを思い返したら、また体が熱くなってきた。

多分、二、三日はこれを反芻するだけで仲井戸さんロスは防げるはずだ。

そんなことを考えつつ、顔が赤くなっていないか気にしながら家の中に戻ったのだった。


数日後の昼。

いつものように社務所でご奉仕をしていると、裏口の方から「お世話様でーす」という声が聞こえてきた。近所のお弁当屋さんだ。

「はーい。ご苦労様でーす」

すっかり顔なじみの女性から今日のお弁当のメニューなどを教えてもらい、お礼を言って弁当を受け取った。うちの昼食は職員全員ここの弁当を配達してもらっているのだ。

受け取った弁当を社務所のテーブルの上に並べていると、テーブルの端っこに置いてあった私のスマホが震えたのに気が付いた。

——なんだろう？　こんな時間に来るメルマガとかあったっけ？

そのままにしておいてもいいのだが、時間もあるしチェックだけ、とスマホを開いた。メッセージは佑唯ちゃんからだった。

「あら、佑唯ちゃん」

内容を確認すると、近いうちに食事かお茶でもどう？　というお誘いだった。

このところ例の件もあって夜、家からほぼ出ていない。そのせいもあり今の私はお誘いに弱い。

——了解、いつでもいいよ、っと……

早速メッセージを返し、再び業務に戻った。

それにしても急にお誘いなんて、どうしたのだろう。

もしかして佑唯ちゃんになにかあったのか。それとも、澄人さんからここ最近神社に起こったことを聞いて、心配してくれたのだろうか。

考えられる原因はいくつかあるな……などと考えていた私が佑唯ちゃんと会ったのはこの二日後だった。

佑唯ちゃんのお父様が経営する骨董店の数軒先にある、昔ながらのコーヒーショップ。そこで夜にお茶をすることになった。

勤務先での仕事を終えた佑唯ちゃんは会社帰りの格好のままだった。彼女は四十辺家当主の妻でありながら、平日は一般企業に勤務するＯＬなのである。

結婚後も仕事を続けるかどうか。その辺は澄人さんと相談の上で続けることを決めたらしいのだが、一応送迎をＳＰの男性が担当するなど、さすが澄人さん。身辺警護は抜かりない。

「急にごめんね？　最近澄人さんから神社が嫌がらせにあってるって話を聞いて、びっくりしちゃって。凌ちゃんは大丈夫だったの？」

やっぱりそのことか。

「うん、確かにいろいろあったけど、私は大丈夫。それより佑唯ちゃん、注文どうする？」

心配かけたことを申し訳なく思いつつ、お腹が空いているという彼女の前にメニューを差し出す。私はもう夕飯を済ませているが、彼女は仕事帰りなのできっと空腹の状態だろう。

このコーヒーショップは店主こだわりのコーヒーだけでなく、軽食もなかなか美味しいと評判の店だ。店主自ら作るミックスサンドにホットドッグ、ホットケーキ、カレー。

写真付きのメニューを見ていると、お腹が満たされているはずの私でも、なにか食べたいと思うから不思議だ。

「えーと、じゃあミックスサンドとミルクセーキで」

慌ただしく注文を済ませ、水を飲んでから佑唯ちゃんが正面に向き直る。その顔はどこか複雑そうだった。

「まったくさあ……澄人さんったら凌ちゃんのことなんだから早く教えてくれればいいのに、私が心配するといけないからって解決してから教えてくれたんだよ。もう……一番大変なときに、私なにも知らなくって」

佑唯ちゃんはムッとしているが、私は澄人さんの気持ちのほうがよくわかる。

——そりゃ、好きな人が不安になるようなことは、できる限り話したくないよね。

「いやー、それって佑唯ちゃんに教えたら、自ら犯人捜しに行きそうだからじゃないの？　澄人さんなりに心配したんだよ、きっと」

「そうかもしれないけど、私が子どもの頃からお世話になってる神社の壁に落書きとか、ありえないでしょ？　落書きはその後どうなった？　ちゃんと落ちた？」

「ああ、うん。うちにある高圧洗浄機で落としたよ。ダメだったら仲井戸さんが教えてくれた業者さんに相談しようかと思ってたんだけど、その必要はないみたい」

スプレーで落書きされた数日後、仕事の合間を縫って父と景が落書きを落としてくれた。

仲井戸さんが心配して、業者に任せては？　と言ってくれたが、買ったばかりの高圧洗浄機を試したかった、ということもあって、父と景だけでやることにしたらしい。

広範囲だったので時間はかかったが、今の神社の壁は落書きされる前より綺麗になっている。

綺麗になった壁を思い出すと自然と頬が緩む。そんな私を見て、なぜか佑唯ちゃんがにやりとした。

「そう、その仲井戸さん？　なんか、最近凌ちゃんとよく連絡取ってるみたいじゃない？　ちょっと会わない間にすごく距離縮まってない？」

「え、あー……まあ、そうだね。今回のことも仲井戸さんには最初から相談してたし」

「それだけじゃないよね？」

にこにこしながら私の言葉を待つ佑唯ちゃんは、どこまで知っているのか。

「も……もしかして、仲井戸さんから聞いてたりする……？」

「聞いてない。でも、なんとなくそうじゃないかなって疑ってはいる。……もしかして凌ちゃん、仲井戸さんとお付き合い、始めた？」

はっきり言われて、素直にうん、と頷く。その瞬間、佑唯ちゃんの顔にぱああと光が差した。

「やっぱり!! なんかそんな気がしたのよ!! だってあの仕事の虫だった仲井戸さんが丸一日お休み取って、しかも凌ちゃんに会うからだなんて……あっ!!」

しまった、と佑唯ちゃんがわかりやすく口を噤む。それを見て、澄人さんからいろいろ筒抜けだなと確信した。

「澄人さんから聞いたな？」

「ご……ごめん。聞いちゃった。だって、澄人さんがすごく驚いてて……仲井戸さんが人と会うために休みを取るのは初めて聞いたって」

それはそれで衝撃的なんだけど。

「仲井戸さん……これまでどんだけ休み取らないで働き続けてたのよ……」

呆れていると、佑唯ちゃんから「違う違う」と訂正が入る。

「お休みは取ってたんだけど、人と都合を合わせてお休みを取っているのは初めてだったんだって。今回、凌ちゃんのお休みと合わせて仲井戸さんもお休みを取ってたでしょう？　澄人さんにとってはそれが新鮮だったらしくてね」

「そうなのね……」

なんか、そんなことで上司を驚かせる仲井戸さんも、驚く澄人さんもどうなんだと思ってしまった。

――でも、それだけ澄人さんが仲井戸さんを普段から気にかけているということだよね。上司と部下として、いい関係が築けている証拠……かな。

考えていると、佑唯ちゃんが注文したミックスサンドとミルクセーキが運ばれてきた。ミックスサンドはそれぞれタマゴ、ハム、ポテトサラダが挟まった三角形のサンドイッチ。量は大人の男性でも満足できそうなぐらいあって、運ばれてきた実物を目の当たりにした佑唯ちゃんが、「ヤバい、全部食べられないかもしれない」と呟くほど。

ミルクセーキはクリーム色をしたドリンクの上にバニラアイスと、赤いチェリーがのっているレトロなスタイル。彼女がそれをストローで飲んでにっこり微笑んだのを、私は見逃さなかった。

――美味しそうだな……。私も今度これ注文しよう。

などと考えていると、タマゴサンドを一口食べた佑唯ちゃんが真顔になった。

「あっ、それでね。今日、凌ちゃんを誘ったのには他にも理由があったの」

「……？　他にも理由……？」

目の前に置かれたホットコーヒーを一口飲んでから、佑唯ちゃんを見る。

「仲井戸さんのこと。凌ちゃん、彼の家のことは知ってる？」

私もずっと気になっていた仲井戸さんの家のこと。それが佑唯ちゃんの口から出たことに少々驚いた。

それと同時に、彼女がわざわざ私に言ってくるということは、きっと普通の家ではないのだろうという、ずっともやもやしていたことが確信に変わった。

「なんとなく一般的な家庭ではないのかなって思ってたんだけど、佑唯ちゃんがそんな風に言ってくるってことは、やっぱりそうなんだね？」

佑唯ちゃんが静かに頷いた。

「私も最近知ったんだけど、仲井戸さんのご実家って四十辺家とだいぶ昔から関わりがある家なんだって。その関係で仲井戸さんが澄人さんの秘書となったらしいの」

「それは、縁のある家の中から秘書として適任な男性を選んだってこと？」

私の質問に、佑唯ちゃんが頷く。

「そうそう。なにかと秘密の多い四十辺家当主の秘書を任せるには、同じような境遇で秘密を共有できるであろう仲井戸さんなら適任だって、澄人さん自身が選んだみたい。年が近いのと、仲井戸さんのあの落ち着きぶりを気に入って、会ってすぐに決めたって澄人さんが言ってたわ」

「そうなのね……」

同じような境遇。すなわち、仲井戸家も四十辺家のような歴史ある名家、ということ。

歴史だけならば代々神社の宮司を務める我が家もそれなりだけど、名家と言われるとちょっと違う。

——も……もしかして、名家の男性とのお付き合いはすごく大変だって、経験者でもある佑唯ちゃんは私に教えてくれようとしているのかしら……

「そ、それで……具体的に、どういう……」

なにを言われるのか怯(おび)えつつ尋ねると、そんな私の心情を察知したのか佑唯ちゃんが慌てたように素早く手を横に振った。

「あ、多分だけど凌ちゃんが想像してるのとは違う違う!! 四十辺家と付き合いがあると言っても仲井戸さんのとこはわりと緩くて、前はどうか知らないけど今は会社経営とかはしていなくて、ご両親はすごく温厚な方だって。自分たちが名家だなんておこがましいって言っちゃってるような人達らしいから。でも、仲井戸さんはあんな感じだし、お姉さんはすごくやり手のインテリアデザイナーだっていうから、それなりにすごいんだけど」

お姉さんがインテリアデザイナー。それを聞いて、あの部屋がなぜあんなに整っているのかが腑に落ちた。

「あ。だからか……彼の部屋に行ったらすごく家具が揃ってて、モデルルームみたいだったの。お姉さんが置いてってたって言ってた」

「なんかお姉さん、動画サイトでインテリアに関する配信とかもやってるんだって。そのときに仲井戸さんのお部屋を使うって聞いたよ。仲井戸さんはほぼ家にいないから、その間にやってるらしいんだけど」

「なるほど……」

「で、話が逸れたけど。仲井戸さんてあんな容姿だから、やっぱりそれなりにモテるらしいの」

「それはわかる」

即座に頷くと、佑唯ちゃんが困ったように笑う。

「でも、仲井戸さん自身がマイペースだから、これまでどんなに女性に言い寄られても蹴散らしてきたっていうか、相手にしなかったみたいなのよね。あ、もちろんこれは澄人さんが言ってたことで仲井戸さん本人から聞いたんじゃないよ？」

「うん。仲井戸さんが蹴散らすとか言いそうにないもんね……」

クスクス笑い合っていたのだが、急に佑唯ちゃんの表情が神妙になった。

「私が澄人さんと親密になったとき、元婚約者みたいな人が出てきてすごく大変な目にあった、ていうのは凌ちゃんにも話したよね？」

食べる手を一旦止めて、彼女がミルクセーキで喉を潤しつつ、上目遣いで私を見る。

「うん。部屋を荒らされたり、拉致されたりって、ちょっと信じられないようなことまでされたんだよね？　聞いたときすごく驚いたからよく覚えてる」

「私もびっくりしたよ……でも、澄人さんや秘書の石内さんが助けてくれて、大きな怪我もなく丸く収まったんだけど……実は、これは私が密かに気になっていることなんだけど、仲井戸さんにもそういった女性がいるみたいなの」

「……え？」

意図的に声を潜めた佑唯ちゃんに、反射的に聞き返した。

「澄人さんと仲井戸さんがうちで話してたのを偶然聞いちゃったのよ。凌ちゃんと付き合いたいんだったら、俺のときみたいなことにならないよう、あの件はちゃんと片付けておけよ、て澄人さんが仲井戸さんに釘さしてて。まあ、本人達は私には聞こえていないと思っているようだけど、私、こう見えて地獄耳なのよね」

「俺のときみたいにならないようあの件を片付けておけ……？　確かに、澄人さんと元婚約者さんの騒動のことを指しているようにも聞こえるけど、もしかしたら違う可能性だってない？」

佑唯ちゃんの考えすぎでは？　と首を傾げていると、彼女がずいっと身を乗り出してきた。

「私も最初は考えすぎかと思ったの。でも、このまえ実家に帰ったとき、私の祖父が仲井戸さんにお見合いがどうのって話してたのよ！」

「……えっ、お、お見合い⁉　しかもなんで佑唯ちゃんのお祖父様が出てくるの？」

思いがけない単語が出てきて、つい飲もうとしていたカップをすぐソーサーに戻してしまった。

「そうなのよ……私もびっくりして思わず祖父に詰め寄っちゃった。そしたら、仲井戸家の知り合いの人から、なぜか祖父を通して仲井戸さんあてにお見合いの話があったらしくて。澄人さんにも話したんだけど、もしかしたら仲井戸家、四十辺家ともに話を断られて、巡りに巡ってうちの祖父のところに話が行ったんじゃないかって」

お見合いの話なんて聞いたら、さすがに穏やかではいられない。

「で、その話って今はどうなってるの？」

つい身を乗り出して佑唯ちゃんに尋ねていた。

「祖父が仲井戸さんに直接話をしたらしいけど、速攻で断られたって。祖父も別にごり押ししたいわけじゃないから、あっさり無理ですって話を戻したらしいんだけど、どうも相手方が相当諦め悪いみたいで、どうしてもって引かないみたい。だから……」

「……つまり、佑唯ちゃんのときみたいに強硬な手段で来る可能性がある、ってこと？」

佑唯ちゃんが目を伏せ、ため息をついた。

「澄人さんにその人のことを聞いたら、一応大きな会社を経営している家だし、悪い噂（うわさ）もほとんど聞かないから、そこまでのことはしないだろうって言われたの。だから私のときみたいなことはないと思う」

それを聞き、一気に安堵が押し寄せてくる。

——さすがに拉致とか、勘弁してほしい……

胸に手を当て一息つく。でも、佑唯ちゃんの表情はまだ不安げだった。

「でも、その女性は仲井戸さんとは子どもの頃からの知り合いで、とにかくずっと仲井戸さん一筋らしいの。てことはつまり、とっても諦めが悪い、という……」

諦めが悪い。

その言葉に背筋がぞわりとした。

「……それは……怖いね」

「でしょう？　子どもの頃からずっと彼のことを思うってなかなかできないことよ。だから凌ちゃん、くれぐれも気を付けて。周囲に用心して、もしなにか困ったことがあれば、私や澄人さんも協力するから、いつでも連絡ちょうだいね？」

まさか私が、とは思う。話を聞いても、まだ自分とは関係ない夢物語を聞かされているような気がしてならない。

だけどこれは現実で、間違いなく佑唯ちゃんは私の身を案じてわざわざ忠告に来てくれたのだ。

その事実の重さに、身が引き締まる思いがした。

「うん、わかった。気を付ける……とりあえず、まずは仲井戸さんに事実を確認しないといけないね」

「うん……あっ！　私からこのこと伝えちゃったけど、もしかしたら仲井戸さんも言おうとしてたかもしれないんで、そこだけは……」

「うん、大丈夫。彼がこのことを隠してたとは思ってないよ。あの人のことだから、きっと私に心配かけないようにしてくれてたんだと思う。……まあ、それ以前にあの人必要以外のことあんまり話さないしね……」

「そこら辺もあんまり怒らないであげてね……」

心配そうな顔で私を見る佑唯ちゃんに、つい笑みが漏れる。

「怒んないって。大丈夫！　あの人のクールなところも私、好きだしね。でも、まさかこういうことになるとは思ってなかったからびっくりはしたよ」

好きな人と付き合い始めて、恋っていいなと思ってた矢先に、こんなことが起こるなんて。やっぱり人生は、そう簡単にうまくいってなんかくれない。

「用心はするけど、私としては仲井戸さんの心変わりの方が怖いな。条件だけでいったらきっと相手の家の方がいいんだろうし……私はただの神社の娘ですから」

ちょっとだけ弱音を吐いてしまった。だって、本当に私ってなにもないから。

でも、これに関してだけは、佑唯ちゃんが冷静だった。

「私が思うに、仲井戸さんは凌ちゃんしか目に入ってないから大丈夫だと思うんだけどね」

苦笑する佑唯ちゃんの言葉は嬉しいけれど、今は本当かな……と疑問に思うことしかできなかった。

この日の夜、私はスマホを手にしばらく考え込んでいた。

仲井戸さんになんて言って、佑唯ちゃんから聞いたことを確認しようか。

最初はメッセージでもと考えたけれど、文章を作っていたらだんだん長くなってきてしまって、うっとうしくなってきて全部消した。

——だめだこれは……直接会うか、電話のほうが早い。

とはいえ、この前お休みをとったばかりの仲井戸さんは、直近でお休みがあるのか？　それが気になってしまい、自分から会いたいとも言いにくい。

どうしようどうしよう……と自分の部屋の布団の上でゴロゴロしていると、その仲井戸さんからスマホに着信があった。なんというタイミング。

「は……はい」

すぐにスマホを取って通話をタップ。耳に当てると、仲井戸さんの心地よい低音が耳に響いた。

『凌さん、こんばんは。今いい？』

もちろんいいです、素晴らしいタイミングです。とは言わず、はい。とだけ答えた。

『今日、佑唯さんと会っていたそうですが、そこで俺に関するなにかを聞きました？』

「えっ⁉」

そうくるとは思っていなかったので、意表を突かれて声が裏返った。私の反応で、仲井戸さんはすぐに状況を察知したらしい。

『やっぱりか……さっき、佑唯さんにお会いしたんです。そこで佑唯さんに凌さんとの将来を考えているのなら、彼女が不安になるようなものはすべて取り除いてほしいと言われて、多分あのことを言っているのだと理解したんですよ。で、凌さん』

「はい」

『近いうちに、夜でいいので少し会えませんか』

仲井戸さんから言ってきてくれるなら好都合だ。私は二つ返事でそれを承諾した。

翌日が私の休日となっている数日後の夜に、彼が迎えに来てくれることになった。

——すんなり決まってよかった……

スマホを耳に当てたままホッとしていると、仲井戸さんの静かな声が聞こえてきた。

『俺の口から直接言うべきだったのに、佑唯さん経由になってしまって申し訳なかった。本音を言うと、凌さんに知られる前にこちらで全て片付けるつもりだった。これは嘘じゃない』

久しぶりの真剣な声音に、ドキッとした。

——なんというか、仲井戸さんって……——

あまりぺらぺら喋る人じゃないから、ひとことひとことに重みがある。だから、彼が言うことは嘘ではないと、付き合いだしてまだ日が浅い私にもわかってしまう。

そんな人が自分の恋人でよかったと、今、つくづく思った。

「大丈夫ですよ、疑ってなんかいません。私、仲井戸さんのこと全部信じてますから」

素直な気持ちをぶつけた。これで仲井戸さんが安心してくれればいい、そう思ったから。

その仲井戸さんはしばらく黙っていたが、『凌さん』と呼ぶ声がすごく優しかったので、きっと思いは通じたと確信できた。

「はい？」

『できることなら今すぐ、あなたをさらいにいきたい』

「……えっ⁉」

ロマンチックな言葉だけど、まさか彼から出るとは思わなくて、素で驚いてしまった。

「さ、さら……さらう、って……」

『嘘です。というか、やりたくてもまだ業務中ですし』

なんだ、と肩透かしを食らう。でも、本気じゃなくてホッとした。

「そ……そうですか、びっくりしました……」

『でも本音です』

たった今、仲井戸さんの言うことは全て信じてると言ってしまったばかり。きっと彼もそれを分かった上で言っている。

よって、私の顔が急速に熱を持つ。恥ずかしすぎて。

「ほ……本音って……仲井戸さん‼」

『私はいつでもこう思っている、ということを凌さんに知っておいてもらいたかったんで。では、おやすみなさい』

「えええ、あ、あの……あれ？」

私の返事を待たずに通話が終了してしまった。

「も……もう!!」

スマホを枕の横に置いた私は、そのまま枕に顔を埋めた。

——仲井戸さんがすごく好き。

驚いたけれど、さらいに行きたいなんて言われて、めちゃくちゃ嬉しかった。実際にはそんなことできないのはわかってる。けれど、一瞬だけ本当にさらってくれないかなと思ってしまった。なんだかこのまま自分が仲井戸さんの沼に落ちてしまいそうな気がして、嬉しい反面ちょっとだけ怖かった。


数日後、仕事と夕食の支度を終えた私は、神社から少し離れた幹線道路沿いで仲井戸さんと待ち合わせた。約束の時間通りに彼が到着したので、素早く助手席に乗り込んだ。

「夕食は食べました？」

すぐに車を発進させながら、仲井戸さんが聞いてくる。

「いえ。家族の食事は作ってきたんですが、私はまだ」

一緒に食べてもよかったのだが、もしかしたら仲井戸さんがまだ食事をとっていないのではと思い、彼に合わせることにしたのだ。

「では、どこかで食べていきましょうか？　それともテイクアウトかデリバリーにします？」

「そうですね……どうしようかな」

外でゆっくり食事もいいけれど、せっかく久しぶりに会えた仲井戸さんと早く二人きりになりたい。でも、いきなり彼の部屋に行くことを提案するのもちょっとはしたないかな。

二つの思いがせめぎ合って、なかなか考えがまとまらない。

「仲井戸さんはどっちがいいですか？」

「うちでデリバリーを頼む、でいいかと。早く凌さんと二人きりになりたいんで」

「えっ!!」

意外にも彼が私と同じ事を考えていてくれたので、気分が一気に上がった。

「でも、今も二人きりですよ？」

「今は運転中なので手が出せない」

真顔でさらりと言われて言葉を失う。

——た、たしかに……ていうか、仲井戸さんってわりと積極的よね……

「じゃ、じゃあ、なにかよさそうなデリバリー探してみます」

彼の部屋に到着するまでの間、スマホのデリバリーサイトからあまり待ち時間がなく美味しそうなものをいくつかチョイスのうえ、オーダーした。これで食べ物のことはなにも考えずに彼の部屋でゆっくりできそうだ。

先日と変わらずモデルルームのような部屋に到着してすぐ、彼が茶封筒を持って私の隣に座った。

「はい」

差し出された封筒を素直に受け取り、中を見る。そこには写真と、簡単な経歴が書かれた書類が入っていた。

「これ、なんですか？　仲井戸さんの……ではないですね」

写真を出してみたら、そこに映っていたのは着物姿の女性だった。年齢は私達と同じくらいで、少しふっくらした感じの、ショートヘアの女性。

もしや。と思って仲井戸さんを見ると、彼が小さく頷いた。

「この女性がそう。佑唯さんから話は聞いていると思うけど、凌さんには全てを伝えておきたかったんで」

「そうですか……」

——結構綺麗な人だよね……？

求婚を断り続けているという情報だけだったので、正直自分の中で勝手に女性のイメージが若干悪目にできあがってしまっていたのだが、想像とは全然違った。むしろ、とても感じのよさそうな女性だった。

「そう。実は、俺が二十歳そこそこの頃から定期的にこういう写真が送られてくるんだ」

「て、定期的……ちなみに、この方は今おいくつなんでしょうか？」

「今三十だね。凌さんの一つ年上。前々から三十までには結婚したいって公言してた人だからか、ここ最近はちょっとアピールが悪化してる」

「へえ……」

最近は晩婚化が進んでいるし、そんなに三十歳で結婚にこだわる必要はないと思うのだけど。

「元々仲井戸さんとはどういった知り合いなんですか？」

仲井戸さんがソファーに背を預け、腕を組む。

「うちの親が以前不動産の仕事をしていたんで、その関係。同じ組合に属してるという縁があって昔、まあまあ家族同士の交流があったんだ。といっても本当に俺が子どもの頃だけど、そのときに見初められたらしい」

「仲井戸さん、子どもの頃から綺麗な顔してたでしょう？　だからですよ」

「綺麗かねえ、こんな顔だよ」

あまりにも自分に関心がない言い方だったので、ぷっと吹き出してしまった。

本人には全くその自覚がないが、実際今だって綺麗な顔をしているんだから、子どもの頃だって相当目立っていたはずだ。ゆえにその女性に見初められるのも仕方ないと思う。

——もしかしたらその女性、仲井戸さんが初恋の人、とかなんじゃないかなー
年齢的にその可能性は高いはず。

男性である仲井戸さんは気がついていないかもしれないけれど、女性は早いと幼稚園や小学校の低学年くらいで初恋くらい経験しそうだし。

「きっとこの女性、仲井戸さんが初恋の人なんですよ。それが諦められなくて……って感じかな？」

でも、これに対しての仲井戸さんは実に不満げだ。

「別にね、俺だって初恋を否定するわけじゃない。何度も好意を持ってくれたことに対してお礼は言ったよ。でも、はっきりあなたとの結婚はないと言っているのに諦めずにごり押ししてくるのは違うでしょう。相手の意図なんかお構いなしに気持ちを押しつけてくるのは、はっきりいって迷惑でしかない。度が過ぎればストーカーだ」

「ですねえ……」

それはもっともすぎて同意しかない。

私も初恋の人のことは、結構、覚えているけれど、実らなかったからといって相手に執着したりなんかしない。たまに思い出して、子どもの頃の甘酸っぱい思い出に浸れるくらいがちょうどいいと思っている。

これが浸るどころの話じゃないくらい相手にどっぷり執着してしまうと、可愛らしい初恋の思

い出が重く、痛々しいものになってしまいそう。

「もちろん、その辺りのこともここ数年は伝えてるんだ。でも、どうにも相手に伝わってないみたいで、こうして定期的に写真を寄越してくるわけ」

仲井戸さんの話を聞きながら写真をしまい、彼女の経歴に関する書類に目を通す。

鎌田桃子（かまたももこ）、三十歳。

お嬢様学校として有名な私立に初等科から大学まで通い、現在は父親が経営する不動産会社に勤務という経歴だった。不動産会社の名前は私も知っている、この辺りでは大きい会社だった。

「この会社にお勤めなら、仲井戸さんに結婚を迫らずともいい男性と出会えそうですけど……なんで仲井戸さんじゃなきゃだめなんですかね」

なんとなく思ったことを口に出したら、仲井戸さんが残念そうに首を横に振った。

「さあ。他を当たってくれとは何度も言っているんだけど、全く聞く耳持たずだよ。どうやら彼女は、結婚相手の実家も自分の実家と同等か、それ以上のものを望んでいるらしい。その条件に合う人を探すのもなかなか大変だから、とかなんとか言ってたような気がする。直接本人が言っているのを聞いたわけじゃないので話の内容はもう忘れたけど」

「本人が言ってるのを聞いたわけじゃない？　じゃ、どういう風にやりとりしてるんですか？」

「ほぼ相手の母親だね。桃子さんは仕事があるから、代理といって窓口になっているのは全て母親」

「お母様は、止めたりしないんですね。娘さんの意思を尊重してあげてるのかな？」

「しらねーけど、そうだとしたら迷惑極まりないね」

最後の方は仲井戸さんも若干投げやりになってきている。見た感じ、本当に心底この女性に困っているというのが見て取れる。

嫌なんだろうな、というのはわかる。でも、写真と経歴を見る限り、正直言って悪い話とも思えない。

もう十年近く求婚されているなら根負けして結婚してもよさそうなのに、なんでそんなにこの人との結婚が嫌なのだろう？　と疑問に思ってしまった。

「これは素朴な疑問なのですが、決して仲井戸さんにとって悪い話でもないのに、どうしてずっとお断りしてるんですか……？　よく見れば桃子さんって結構顔立ちも整ってて綺麗な方じゃないかと」

「好きになれないから無理」

容赦ない答えが返ってきて、おっ、と軽くのけぞった。

「嫌がっていることを懲りずにしてくる、というのは空気が読めない、もしくはかなりの自己中だ。たとえ絶世の美女だったとしても、俺は一生好きになることはないね」

結構思ってることをはっきり言うな。

「……仲井戸さん、好き嫌いがはっきりしている性格だってよく言われません？」

「言われる。あと、頑固とも言われる。だからこの人にも、こんな男やめたほうがいいって散々言ってる」

「それ、私の前で言っちゃう？」

クスクス笑っていると、彼が一瞬だけしまった、という顔をする。でも、すぐにいつもの仲井戸さんに戻った。

「こういう男は嫌い？」

彼の手が、私を包み込むようにソファーの背の上に乗せられた。

「嫌いだったらここに来てません」

「よかった」

仲井戸さんの口角が少し上がると、そのまま頬に手を添えられキスをされた。軽く触れるだけかと思いきや、いきなり舌が入ってきて、ビクッとしてしまった。

――わ。

さっきまでソファーの上にあった手がいつの間にか私の後頭部にあり、がしっと固定された状態でお互いキスにのめり込む。

「凌」

キスの合間に名前を呼ばれて、じわっと下腹部が熱くなった。このままソファーに倒れ込んで蜜月に突入か……と思いきや、お約束のようにインターホンが鳴った。デリバリーか。

「……すごいタイミングで来たな」

仲井戸さんが私から素早く離れ、インターホンでデリバリースタッフと応対している。

――あああ、あぶない……このまましてって言いそうになってた……

服と髪の乱れを直しながら、玄関先に向かった彼が戻ってくるのを待った。ほぼ予想待ち時間通りにやってきたデリバリーを、彼がテーブルの上に広げる。

頼んだのはハンバーガー専門店のハンバーガーセット。和牛百パーセントのパティが自慢のハンバーガーは大きめ。サイドメニューもつけてお値段はそれなりだが、美味しさは抜群だというレビューを参考に購入してみた。

「美味しそうですね。私、普段こういうのあまり食べないからすごく新鮮です」

紙に包まれたバーガーを手に取ると、まだじんわりと温かい。炭焼きビーフの香りが漂い、激しく食欲をそそられた。

「たしか、食事はほとんど凌さんが作ってるって以前言ってたけど」

「そうなんです。朝は母が作ることもあるんですけど、夜は私が作った方が早く食事を済ませることができるから、私が作ります。私、父、景は朝が早いので、夜も寝るのが早いんです。早く食べないと寝る時間が押しちゃうから」

「確かに早寝だよね。夜十時以降にメッセージを送っても返事が返ってくるのは朝だし」

仲井戸さんがコップにペットボトルからお茶を注ぎながら、クスッとする。

「ですねー、十時はもう寝ています」

「今夜は大丈夫ってことでいいんだよね？」

「……は、はい。明日は休日なので」

「よかった。近くにいるのに手が出せないのはつらい」

仲井戸さんは笑っているけれど、こっちは苦笑いするしかない。この食事のあとになにが待っているのか、必死で考えないようにしているというのに。

「凌さん。顔が赤いけど」

「みっ……見なくていいから!!　それよりもご飯食べて!!」

照れ隠しでこう言ったら、珍しく仲井戸さんが「あっは！」とお腹を抱えて笑い出した。

「凌さんの命令口調、いいね」

それを横目で見ながら、私はハンバーガーにかぶりついた。

この後のことを考えるとやっぱり緊張はする。でも、高価なハンバーガーは緊張していてもやはり美味しかった。

「美味しかった……とくにお肉が」

お腹いっぱいで食後のお茶を飲んでいると、テーブルを挟んだ向かいで、同じように全てを綺麗に平らげた仲井戸さんがスマホを弄（いじ）っている。

「うん、うまかった。これは是非澄人様にも知らせてあげないと」

話しながら何かをすごいスピードでフリック入力している仲井戸さんに、えっ、となる。

「澄人さん、こういうものも食べるんですか？」

「なんでも食べるよ。結婚してからはとくに佑唯さんが喜ぶからって、美味しいと評判のものはすぐ試したがる」

そういえば佑唯ちゃんと澄人さんは、先代当主や先々代が住む四十辺本家にはまだ住んでいないのだという。将来的には住む予定だけれど、新婚の間だけは二人で暮らしたいという澄人さんの希望で、彼がずっと一人暮らしをしていたマンションに住んでいるのだそうだ。

ちなみに食事の支度はとくにどっちが担当とは決めず、先に帰ってきた人がやると言っていたのを思い出した。佑唯ちゃんが働いていることもあり、澄人さんも率先して食事の支度はしてくれるという。実によくできた御曹司だ。

「澄人さんってすごいですね。なんでもできるみたいだし……」

「器用な人だからね。でも、そういう人だからこそ部下としてもやりがいはある。世の中には合わない上司の下で働いている人なんか山ほどいるのに、あの人の下で働くことができて自分はとても運が良かったとも思うしね」

「そうですね、それはとても幸運なことだわ。……だから仲井戸さんって仕事している方が楽しかったりするのかな？」

「かもね。でも、今は違う。凌さんに会いたいから休みはきっちり取るよ」

「……あの……ちょっと気になってたことを聞いてもいいですか？」

尋ねると、仲井戸さんが手にしていたスマホをテーブルに置いた。

「いいよ。なに？」

「仲井戸さんって、いつから私のことを、その……好きになってくれたんですか？」

「最初から」

「へ？」

返事が早すぎて聞き逃した。

「だから、澄人様があなたのご実家で結婚式を挙げると決めて、ご挨拶に伺ったとき」

――んん？　挨拶に来た、とき……？

まだわりと最近でもあるそのときのことを思い出してみる。

あのときは佑唯ちゃんが先に一人で来て、その数日後に澄人さんが仲井戸さんと石内さんという秘書を連れて我が家にやってきた。

でも、喋っているのはほとんど澄人さんか石内さんで、仲井戸さんはあまり喋っていなかった。だから私は、仲井戸さんに寡黙な人という印象を持ったわけで。

「仲井戸さん、ほとんど喋っていなかったですよね？」

「喋っていないので、その間ずっとあなたを見てました。正直なところ、凌さんは私の好みど真ん中だったので」

「ええ!?」

「凌さんはあまり自覚がないみたいだけど、すごく綺麗だから。顔はもちろんだけど、細くてまっすぐな長い髪がすごく美しくて、目が離せなかった。だから話そっちのけであなたばかり見てた。まあ、そこら辺澄人様はなんとなく気がついていたようだけど」

――……うそ……

激しく照れてしまい、仲井戸さんを直視できない。

「だから式の打ち合わせも、澄人様は俺に行くように言ったんだと思う。そうでなければ社交的な石内に頼んでいてもおかしくないからね。実際、最初は石内が自ら行くと言ったのに、澄人様は敢(あ)えて俺を指名したから」

「……だ、だからマンション建設の説明会のとき、すぐ私の横に来てくれたんですか……?」

「髪ですぐわかったしね。それに凌さんとの距離を縮めるチャンスだとも思った。そうでなければ神社に通い詰めてなんとかあなたとの縁を繋ごうと考えてたところで……」

意外すぎて、仲井戸さんをぼーっと見つめる。彼はそんな私の視線に気がつき、はっ、と苦笑する。

「ほら、俺は涼しい顔でこういうことを考える男なんだよ。引く?」

「ひ……引かないですよ。だって、嬉しいから……」

私の反応を見ていた仲井戸さんが立ち上がり、隣に座った。

「この前はこのソファーから始まったけど、今夜はどこがいい?」

仲井戸さんの声が急に甘くなった。ゆったりした団欒モードから雰囲気も急激に甘くなり、ドキドキと心臓が跳ね出した。

「……ど、どこがいい、だなんて……き、聞かないでください」

仲井戸さんの手が私の肩の上に乗った。

「選択肢は三つ。ここか、ベッドか、バスルーム」

「ええっ、バスルーム!?」

驚いて隣にいる彼を見ると、にやりとされる。

「一緒に入りながら、する？」

「……!! いやあの、待って。それは心の準備が……」

そもそも男性と一緒にお風呂に入るというのがまず無理。……否、好きな人とならアリかもしれないけれど、今日は全くそんなつもりでここに来ていない。

困る私を見て、仲井戸さんは無理だと言うことを悟ったらしい。残念そうに「だめか」と呟いた。

「明るいところでまた湊さんの体を見たかったのに」

「あ……明るいところでって！ この前、ここでしたときだって、あ、明るかったじゃないですか……!!」

思い出すと顔から火が出そうだった。あのときは流れ上、明るさとかを気にしている場合じゃなかったし、このソファーの上でしたのも後悔はしていない。

でも、いざ我に返ると現場のソファーを見るだけで仲井戸さんとのあれこれを思い出してドキドキしてしまう。それなのにバスルームでしてしまったら、今度は浴槽を見るたびに仲井戸さんを思い出して体が火照ってしまいそう。

「明るかったかな。あんまりよく覚えてないんだよね」

すっとぼけている仲井戸さんに嘘でしょ、となる。

そんなはずはない、天気のいい昼間だったし、お互いの裸は隅々までよく見えたはずだ。

「絶対嘘ですよ……」

恨めしさをこめて仲井戸さんにじとっとした視線を送ると、乗せられた手が私の肩を掴んだ。

「バスルームは今度にしようか」

言いながら、体がソファーに倒された。わっ、と声を上げたのと、仲井戸さんが首筋に吸い付いたのはほぼ同時だった。

「凌さんの肌は甘くて、美味しい」

髪を避けながら、耳の下辺りから鎖骨までの肌を、仲井戸さんが吸い上げていく。途中、チクッとした痛みを覚えて、「いっ……」と声が出てしまった。

「な、仲井戸さんっ、今……もしかして、痕……」

「うん、ちょっとだけね」

ここ、と言って、仲井戸さんが吸い上げた場所を指でなぞった。そこは多分、普段巫女の衣装で隠れている場所だ。かなり際どいけれど。

「あの……あまり、見えるところに痕は……」

「わかってる。でも、本来は見えるところにつけないとマーキングにならないんだけどな」

「そんなことしなくても、私になんか誰も近寄ってきませんよ?」

近い位置で会話はしているけれど、彼の手は愛撫をやめない。私のシャツのボタンを一つずつ丁寧に外し左右に開き、インナー代わりに着ていたキャミソールを胸の上にたくし上げた。

「凌さんは本当に、自分のことをよくわかってないな。こんなに綺麗な巫女さんがいたら、男はみんなあなた目当てで神社に通っているかもしれないのに」

「そんなことな……あっ!」

ブラジャーの生地を少しだけずらされた。顔を出した赤い蕾に口を近づけ、舌の先でツンとそこをノックされた。すでに固くなっていた蕾は、ちょっと触れるだけで私に電流のような快感を与えてくる。

「凌さんが知らないだけかもしれないよ? 俺みたいに、邪な気持ちで近づく男だっているんだし、いないと断言はできないな」

舌先でツンツンしながら蕾を弄んでいた仲井戸さんが、いきなりそれをパクッと口に含んだ。柔らかな唇で挟まれた感触に加え、口の中で巧みに舌を使い転がされると、甘い感覚が体中に広がっていった。

「あ……っ、あんっ……は……っ……」

そんな男の人はいません。と反論したいのに、全然させてもらえない。

彼は身を捩（よじ）っている私を満足げに眺めていた。その視線と胸に与えられる愛撫で、すでに私の股間はぐっしょりだ。

スカートの中で太股を擦り合わせていると、それに彼が気付く。

「こっちが気になる？」

彼の手がスカートのウエストからショーツ内に差し込まれた。すぐに蜜壺の中に指が入ってきて、私の中を優しくかき混ぜていく。

「やっぱり。はやく言えばいいのに」

その声はどこか楽しさを含んでいる気がして、思わず胸元にいる仲井戸さんを軽く睨んだ。

「い……言えるわけない……っ」

文句を言うとすぐ、何を思ったのか仲井戸さんが私の中から指を抜いた。その理由を考える間もなく、起き上がった彼がいきなり私を肩に担ぎ上げたので「きゃああ‼」と叫び声を上げてしまった。

「なっ……なに……」

「ベッドに移動しようと思って」

「あ……そ、そうですね……」

理由が分かったことと、今夜はこの前みたいにこのままここでいたさなくていい、と分かりホッとした。肩に担がれているのは恥ずかしいけれど、彼に顔を見られることがないのでこれはこれでいい。

担がれたままリビングを出て寝室に向かう。この前もソファーで何度かしたあとに寝室へ移動したが、状況が状況だったので寝室内を見る余裕なんかなかった。

――あ、こんなだったんだ……

担がれたまま顔を上げ、部屋の中を見回す。さすが彼の寝室、部屋の香りがもろ仲井戸さんだ。セミダブルほどの大きさのベッドが窓際に置かれ、ベッドサイドには間接照明と時計、そして数冊の本が置かれたテーブルがあり、壁にはクローゼットが備わっている。

モデルルームのように生活感のないリビングとは違う。思いっきり生活感に溢れた寝室に緊張感が俄然増した。

「はい。ごめんね、荷物みたいに担いじゃって」

重いはずなのに、全くそんな素振りを見せずに易々と私をベッドに下ろす。そんな仲井戸さんにまたときめく。この人の事が好きすぎて胸が痛い。

「水持ってくるからちょっとま――」

仲井戸さんが私に背を向け、一旦この部屋から出て行こうとしたそのとき、反射的に私に背を向けた彼の腕を掴んでいた。

——あ。いけない。掴んじゃった……

私が突飛な行動に出たので、仲井戸さんが驚いて私を振り返った。

「え。どうしたの」

いい年して恥ずかしいことをしたと思いっきり後悔した結果、彼の腕をパッと離していた。

「す……すみません。背中を見たらつい……」

「それって、行かないでってこと？」

「……はあ、まあ……」

「……」

なぜか仲井戸さんが私を見たまま黙り込む。

「凌さんって……」

「はい……」

「ときどきすごく可愛いことするよね。すぐ戻るから」

クスッと笑って、仲井戸さんが部屋を出て行った。

——ときどき、すごく可愛い……？　私、そんなことしたっけ……

自分では記憶にない。ということは、無意識のうちにやっているということなのだろうか。でもそれって下手するとあざといと思われたりしない？

「気を付けよう……」

ベッドで乱れた服を直しながら反省していると、宣言通りすぐに仲井戸さんが戻ってきた。手に真新しい水の入ったペットボトルを持って。

「凌さんは、今夜のことをご両親になんて言ってきたの？」

ベッドに腰掛けながら仲井戸さんが聞いてくる。

「あ、えーと。友達と飲みに行って、そのまま友達のところに泊まるって言っちゃいました」

仲井戸さんに誘われた時点で、多分お泊まりだろうなと考えていた。彼もそのつもりで誘ったんだと思うけれど、改めてはっきり泊まるという単語を出したら、仲井戸さんの口元に笑みが浮かんだ気がした。

「凌さん。そんなこと俺に言っちゃだめだ」

「え？」

「帰さなくていいんだと分かった瞬間から、俺は今、一晩中どんなふうに凌さんを愛そうかで頭がいっぱいだよ」

「……あ、の……」

ちょっと言われたことの意味がよくわからない、という顔で仲井戸さんを見る。すぐに彼の綺麗な顔が近づいてきて、唇を塞がれた。

「……凌さんは本当に……悪い巫女だな」

離れた唇の間から、そんな言葉が出てきて顔が熱くなった。

「悪い巫女でごめんなさい……でも、仲井戸さん、明日お仕事なんじゃ……」

「大丈夫。徹夜は慣れてる」

「慣れてるって、そんなのだ……あっ」

私にダメと言われても、全く彼に構う様子はない。さっき乱れを直したばかりの服は、あっというまに全て剥(は)ぎ取(と)られてしまった。

全裸にされて、首筋から丁寧にキスをされる。その間、彼は乳房の上に手を固定して、指の力を使ってやわやわと揉んでいた。

「んっ……！」

時々二本の指で乳首をきゅっと摘まれると、意図せず口から声が漏れてしまう。

「可愛い声。もっと聞かせて」

鎖骨の辺りにキスをしながら、仲井戸さんが私を窺う。

「そんなっ……ことな……あっ‼」

可愛い声だなんて、言われたことなんかない。そのことを否定しようとしたのに、彼が乳首を口に含んで舌全体で舐め上げたので、全部言わせてもらえなかった。

執拗に何度も何度も舐め上げられるたびに腰が跳ね、だんだん息があがってきた。

「や……あ……っ、は……っ」

体を左右に捩りながら、快感に身を任せた。いつしか私の中に彼の指が入っていて、その指が動くたびに水音が増していった。

「んっ……は、あっ……」

「トロトロだね」

どこか嬉しそうな仲井戸さんの声が遠くの方で聞こえる。いつもならやめて、とかすぐに反応できるのに、今の私にそんな余裕はなかった。

「もう……だめ。挿れて……」

ずっとこんなもどかしい状態が続くなんて耐えられない。早く。早く彼が欲しい。

「……まったく。凌さんは……」

おねだりした途端、胸への愛撫を止めた仲井戸さんがキスをしてくる。角度を変えながら何度も舌を絡ませ合い、彼が離れた頃には頭がぼーっとなっていた。

「は……激しっ……」

こんな私の呟きなど、彼は聞いていなかった。気がついたらいつの間にか仲井戸さんも生まれたままの姿になっていて、いきりたった屹立に避妊具を被せていた。

「いい？」

避妊具を被せ終わった屹立は、見るからに固そうで、下腹部にくっついてしまいそうな程に反り返っていた。

返事代わりに無言で頷くと、彼はその昂ぶりを一気に私の中へ押し込んだ。

「あぁっ……!!」

体を反らせながら、下腹部を埋めていく存在感に身を震わせた。

大きくて、固くて熱い仲井戸さんが今、私の中にいる。何度か経験はしているはずなのに、まだこの感覚には驚かされてしまう。

彼を全身で感じながら、閉じていた目を少しだけ開けた。私の体を挟んで両手をベッドに突いている仲井戸さんは、目を閉じながら小さく息を吐き出している。

「……っ、やば……凌さん、すごくいい……」

「ほ……ほんと？　よかった……」

この状況でいいと言われて喜ばない女などいないはず。彼が私で気持ちよくなってくれていることが嬉しくて、全身から力が抜けていった。

「だからごめん。手加減できない……っ」

仲井戸さんが一旦浅いところまで屹立を引き抜き、また奥へと突き上げた。それを何度も繰り返したあと、今度は一定の間隔で突き上げ、私を追い立てていく。

「んあっ……！　あ、あっ……!!」

挿入での快感もさることながら、彼は私の横で体を寝かせると、腰を動かしつつ胸への愛撫を始めた。時々首筋などを舐め上げながら、乳首を強く摘まんだり、指の腹を使って乳首の先端だけに刺激を与えたりと、休むことなく愛撫を続けた。

その結果、あっというまに絶頂を迎えてしまう。

「あ……！　や、やだ、もうっ……い、いっちゃ……いっちゃううううっ」

それに対しての仲井戸さんからの返事はなく。いともあっさりと私は達し、脱力した。

「凌さん、相変わらず敏感……でも、そこがいい」

私に聞こえるか聞こえないかの微妙なボリュームで呟いた仲井戸さんが、腰の動きを速めた。

頭の上に枕がなかったらベッドヘッドにぶつかってしまうんじゃないか、というくらいの激しい突き上げのあと。彼が「うっ」と呻(うめ)き、爆(は)ぜた。

「はっ……、あ……」

私のすぐ横に倒れ込んだ仲井戸さんの口に、自分からキスをした。

私の行動に目を丸くした彼が、いきなりガバッと私に覆(おお)い被(かぶ)さる。

「仲井戸さん、好き」

「俺の方が多分、もっと好き」

まだ繋がったままで。何度も何度もキスを繰り返した。

いったいどれくらいの間彼とベッドにいたのかはわからない。愛されて、愛して、疲れ切った私達は気がついたら、お互い眠ってしまっていた。

習慣で朝は早く目覚めてしまう癖がある私が体を起こすと、隣で私に腕枕をしてくれている仲井戸さんがいた。すやすやと寝息をたて眠っている彼の寝顔の麗しさといったら。

――と……尊いわ……

私の隣で完全に気を抜いている。気を抜いているけれど元がイケメンなので、やっぱり格好いい。いくらでも見ていられる。

一度ベッドから出て下に落ちていたショーツとキャミソールを身につけた。枕元にあった水を飲み、再び戻ってベッドの上で頬杖をつきながら、まじまじと彼の寝顔を観察する。顎の辺りにある少し伸びた髭がセクシーで、手のひらで触れてみたくてうずうずした。

――触りたい……じょりじょりしたい……って、私、変態かな……？

もちろん仲井戸さんだから触りたいのであって、断じて全ての男性の髭を触りたいわけではない。

「……なんで、ずっと見てるの……？」

目を閉じたままなのに、仲井戸さんがこう呟いた。寝ているはずの人が急に喋り出したので、めちゃくちゃびっくりした。

「び……びっくりした……!!　起きてるなら教えてくださいよ」

「んー……さっき凌さんがベッドから出たときに目が覚めた」

横向きだった仲井戸さんが布団を掛けた状態で仰向けになってぐでぐでしている。普段、パキッとシャキッとしている仲井戸さんのこんな姿は、非常にレアだ。

「凌さん早いな。休みの日でもこんなに早いの？」

「あ、はい。翌日が休みでも朝が早いので、遅くまで起きていられないから、結局早く寝ちゃうんですよ……」

長時間昼寝をしたとかでもない限り、だいたいいつも寝る時間は同じだ。とはいえ、昼寝をすることなどほとんどないのだが。

「じゃあ、俺のせいでだいぶ夜更かしさせちゃった、てことか」

「そ……」

そんなことない、と言おうとして思わず口ごもった。

昨夜は仲井戸さんにだいぶ啼かされたことしか覚えていない。とにかく彼は甘く私を蕩けさせるし、こっちは気持ちよすぎて思考がぐちゃぐちゃで、もうどうなってもいいという状態のまま、多分寝落ちてしまった。

「……確かに、仲井戸さんのせい、ですね……」

「ごめんね」

クスクス笑いながら、彼がこっちに体を向けて頬杖をつく。上半身裸の状態でこちらを見ている仲井戸さんのセクシーさに、状況を忘れてドキドキしてしまった。

「絶対悪いって思ってないでしょ……」

「そんなことないよ。だから」

突然仲井戸さんに腕を引かれた。そのまま彼が上になり、両腕をベッドに縫い止められた。

「お詫(わ)びにまた気持ちよくしてあげるよ」

「……えっ⁉」

聞き間違いかと思ったけどそうではなかった。彼はすぐ私の鎖骨辺りに舌を這わせながら、キャミソールの中に手を入れてきた。その手がやわやわと乳房を揉み、時々思い出したように先端を指で摘まれる。ダメだという気持ちはあれど、甘い痺(しび)れに襲われて反論しにくい。

「やっ……‼ あ、あの、仲井戸さんはお仕事があるんだからこんなこと……」

彼の肩を掴んで押し戻そうとした。でも、厚みのある鍛えられた肩はびくともしない。

「仕事だからこそ、凌さんから活力をもらうんだよ。なんてね」

仲井戸さんのセルフ突っ込みなんて珍しい……と思っている間も手は私の乳房を揉み、もう片方の手は股間へ伸びる。

「あっ……‼」

さっき身に付けたばかりのショーツの中に彼の手が入り、割れ目を優しく撫でていく。乾いていたはずのそこがまた水気を帯びるまで、時間はそうかからなかった。

そして私は結局彼に抗(あらが)えず、そのまままた一時間ばかり甘い時間を過ごすことになったのだった。

第五章

「鎌田さんはなかなかしぶといな」

勤務中、上司である四十辺澄人に呼ばれ彼の執務室に行くと、開口一番こう言われた。

四十辺本家の当主である四十辺澄人。彼の職場は、四十辺の関連企業が入るオフィスビルの一角にある。

他の企業は入っていない、いわば四十辺家のフロア。その四十辺澄人の執務室の隣には、私や石内などのデスクが置かれた秘書室を設けている。

「まあ……そうかもしれませんね」

鎌田さんがしぶといのは今に始まったことじゃない。ここ数年ずっとだ。

その辺りは上司もよく知っているはずなので、今更という感じだ。

しかし、上司の大きなデスクの上にA四サイズの封筒が乗っていることに気がついてしまい、その瞬間嫌な予感がした。

「また俺の方に届いたぞ。最後のお願いですとさ。もう何度目の最後かな?」

苦笑いする上司に釣られ、こっちも苦笑いするしかない。

「申し訳ありません。私も何度となく断っているのですが、正直、もうどうすれば諦めてくれるのか思い浮かびません。策が尽きました」

「そうだねえ……いっそのこと直接会って、はっきり言う？　なんだかんだいって求婚され始めてから直接会ってないわけだし。こうなるともうそれしかないのでは？」

「しかし、それは……」

ずっと会わずにいたのは、会うことで鎌田さんの気持ちを刺激したくなかったからだ。しつこいというか、もはや執念深い。そんな彼女だ、直接会って断れば諦めてくれるという保証はまったくない。

私が渋っていると、上司が困り顔でため息をついた。そしてデスクの上で腕を組み、こちらを窺うような視線を送ってくる。

「気持ちはわかるが、かといってこのままではダメだ。私のときのような事が起きるのは避けたいからね」

「澄人様のときとは状況が違いますよ。さすがに鎌田さんが犯罪まがいのことまではしないと思いますが。でも、確かに諦めが悪いのは怖いですね」

「思い詰めた人間は何をするかわからないからな。用心に越したことはない。これ、見てみろよ」

上司がデスクの上にあった封筒から折りたたまれた便箋のようなものを取り出し、私に差し出した。

それを受け取り、中に目を通す。びっしりと縦書きで書き込まれた内容は、切実に私との結婚を希望しているというもので、文面から伝わる熱量がものすごい。

しかし、この文面からあることがわかる。それを上司に伝えると、同じ事を思っていたと言われた。

「……となると、また違った意味で厄介ですね」

「俺のときとはまた違った意味でな……」

しばし空間に困惑の空気が流れた。

正直言って、このまま無視していたほうがいいと思っていた。けれど、相手がここまで粘ってきた以上、きっちりカタをつけるべきなのは明白だ。

「……では、話し合いの場を設けます」

「ああ。お前だけだと不安だから俺も同席する」

「いやそれは。むざむざ当主を危険な場に同席させるのは……」

自分は秘書といえど、当主である上司を守るボディガードという任務も兼ねている。それなのにむざむざ危ない場に上司を同席させることはできない。

しかし、これに上司は苦笑いする。

「鎌田さんは危険ではないと言ったばかりだろう？　……まあいい。それよりも、俺だってもうこの件に関して仲介なんかしたくないんでね。四十辺の意見として苦言を呈させてもらう。もちろん、他にも数人同行させる。それならいいだろう？」

「……でしたら結構です。時間と場所が決まり次第すぐ報告いたします」

そこまで言われたら仕方ない。上司の意向に従うことにする。


数日後。四十辺家が経営に関わる料亭にて、鎌田さんとの話し合いの席が設けられた。

料亭は完全予約制。不審者は入ることができない厳戒態勢の中、中庭を望む和室にて鎌田桃子さんと私が二人で向かい合う。そこに仲介人という名目で上司の四十辺澄人が席に着く。すぐ側には石内も控えている。

「お……お久しぶりでございます、鎌田桃子でございます……」

対面してすぐ、鎌田さんの方から挨拶をしてきた。

最後に会ったのは子どもの頃なので、いつ以来と明確には言えない。しかし幼かった頃の彼女にはほんのわずかだか見覚えがある。そういえばいつだか、父に連れられたパーティーのようなものにこんな感じの子がいたのを、おぼろげながらに覚えている。

定期的に写真を送ってこられているので、今の彼女の容姿に関してはとくに驚くこともない。そうそう、こういう感じの女性だったと再認識した程度だ。

すっきりしたショートカットに、今日は白のジャケットと淡いピンクのシャツ、白いタイトスカート。見た感じはきっちりとして、清潔感があるという印象を持った。

それよりも、あんなにしつこいくらいに求婚してきている割には、自分と対面しても反応が微妙だったのが若干気にかかった。

――挨拶も感じがいい、見た目も清潔感があり、初めて会うとしたら印象は悪くない。

それなのにあんなに諦めが悪いなんて、非常に残念だとしみじみ思う。

私と、上司も軽く挨拶をしてから早速本題に入る。ここは料亭だが、今日は料理の予約はしていない、お茶と菓子が運ばれてきて、鎌田さんはまずお茶で喉を潤してから先に口を開いた。

「本日ですが、あの……ど、どういったことで私はこの場に呼ばれたのでしょうか……」

まさかいきなり彼女の方からこう切り出してくるとは思わなかった。上司も同じ事を思ったのか、思わず二人で顔を見合わせてしまう。

「鎌田さん。先日私に写真を送ってくださいましたよね。そのことで話し合いの席を設けさせていただきました」

私の言葉に鎌田さんは小さな声ではい、と頷く。

「確か七年か八年くらい前でしょうか。大学卒業の頃に一度……でも、あれからだいぶ経っているのに、なぜでしょうか……？　確か仲井戸様の方からお断りのご連絡があって、そのことを私も受け入れましたが……？」

彼女の顔にはなぜ、という文字が浮かんでいる。予想していた反応と大きく違いすぎて、またしても上司と顔を見合わせてしまった。

「ちょっと待ってください。あなたが私に写真を送ってくださったのは、そのときの一度きりだというのですか？」

「え、ええ。私もさすがに一度断られたら、同じ方に写真を送るなんてことはできませんから」

——と、いうことは。

「……おい、これは……」

上司がぼそっと呟く。彼がなにを言いたいのか、おおよそ察しはつく。

つまり、目の前にいるこの鎌田桃子さんは、断られて以来私に写真を送っていない。となると、送っているのは……

すぐに一人の人物が頭に浮かんできた。

それでも一応彼女に確認はするべきだと思い、話を続けた。

「その後も私の元にお見合い写真という名目であなたの写真が送られて来ているのですが、あなたは本当にご存じないんですか？」

「え⁉　わ……私の写真がですか⁉　今でも⁉」

「そうです」

鎌田さんが目を丸くする。

「え……ええ？　そんなはずは……‼　私はなにも知りません‼　断られた方にまた写真を送る

だなんて、そんなのご迷惑でしかないじゃないですか」

うろたえる鎌田さんが嘘を言っているとは思えない。どうやら彼女は本当になにも知らなかったようだった。

「でも、実際送られてきているのです。これがその写真なのですが」

私がここ数年送られてきた写真を纏めて紙袋から取り出すと、鎌田さんが信じられないという顔で言葉を失った。

ちなみに写真は見合い話を断ると同時に送り返していたのだが、負けじと向こうがまた送ってくるので、いつからか送り返さずそのままになっていた。

目の前に置かれた自分の写真をすごい勢いで掴むと、鎌田さんが唖然とする。

「な……ええ!?　なんで!?　どうして……」

「ここにある写真を撮った覚えはありませんか?」

「しゃ……写真は、撮った覚えがあります……でも、お見合い用ではないです。定期的に家族で写真を撮るのが習慣になっているので、そのときの写真だと思いますが、どうしてこれが……」

「撮った写真はご家族で共有されてますか」

「はい……多分、母が管理していると思います」

間違いなくその母が、自分の独断で彼女の写真を送ってきたことに間違いないな、とここで確信した。

呆然と写真を見つめる桃子さんには酷だが、もっと現実を見てもらわねばならない。

「で、これが先日いただいたお手紙なのですが、この筆跡に見覚えはありますか？」

つい先日もらった例の便箋を折りたたんだ状態で彼女に差し出す。最初は「？」という顔をしていた鎌田さんが不思議議そうにその便箋を手に取り、広げた。が、中身を見てその顔は凍り付いた。

「……な……なに、これ……」

文章が書かれた便箋を持つ手は、よく見ると小刻みに震えている。

「見覚え、ありますよね？」

彼女がこくこくと小刻みに頷く。

「はい……わかります……これ、母の字です……！」

やはりな、と上司と二人で顔を見合わせ、頷いた。

写真に添えられた手紙には鎌田としか記載されていなかった。でも、書かれている文字はどう見ても若い女性のものではない。おそらく、鎌田さんのお母様が書いたものであろう。その辺りの私と上司の意見は一致している。

「そうでしたか……では、お母様が勝手にあなたの写真を私に送り続けていた、ということで間違いないですね。あなたではなく、お母様が私とあなたを結婚させたがっていた、という……」

「ああ……は、母はなんてことを……!!　仲井戸様、ご迷惑をおかけして大変、も、申し訳ございません……!!」

便箋をテーブルに置くと、鎌田さんが畳に正座し、畳にくっついてしまいそうなほど深々と頭を下げてきた。

親のやったことで娘が頭を下げるなんて、本当は見たくない。すぐにやめてくださいと声をかけた。

「いいえ。あなたは知らなかったんですから、写真の件に関して謝る必要はないのです。それよりも、お母様は私との見合いや結婚に関して、普段あなたに言っていたことなどはありますか？」

くっつけようとしている相手のことを自分の娘になにも言わない、なんてことは考えにくい。

普段から彼女に私とのことをなにか吹き込んでいたのでは？　と考えた。

すると彼女が一度視線を泳がせた。もちろん、それを見逃すことはない。

――あるな。

「ありますね。お母様はなにを？」

「は……母は、その……仲井戸様と結婚すれば、とにかく将来は安泰だと。一度断られたくらいで諦める必要はないからと、何度も私にお見合いをするよう言ってきました。でも、私は……」

鎌田さんが一旦口ごもった。なんだろうと彼女の言葉を待っていると、彼女は意を決したように顔を上げた。

「私には、すでに将来を約束した相手がおります」

「……そうなのですか？」

私が口を開くより先に、上司が彼女に問いかけた。それに彼女がこっくりと頷く。

「はい……!! さ、三年ほど前から職場の同僚とお付き合いをしております」

「それならそうと言ってくださればいいのに。そのことは、お母様にはお話しされたんですか？」

私が尋ねると、彼女の表情が一気に曇ってしまった。

「はい……お付き合いを始めてすぐ、母には話しました。相手は私より一つ年上の男性なのですが、残念ながら母が希望するような名家の出でも、資産家の息子でもありません。だからでしょうね、母は交際に猛反対で、未だに許してくれません。そのせいで結婚したくてもできない状態が続いております」

嘆きにも近い彼女の告白に、全てを悟った。彼女を意中の男性と結婚させないため、そして自分の希望に近い男性と結婚させるため。

彼女の母親が私との結婚にこだわる理由は、そこにあるのだろう。

「ちなみにこの件に関して、お父様はなんと？　家長のお父様なら一人娘であるあなたの意思を尊重してくれそうなものですが……」

ずっと黙って話を聞いていた上司が彼女に問う。しかし彼女の表情は依然暗い。

「父は……そうですね、仲井戸様との結婚にははっきりいってこだわっていません。結婚は当人だけで決めればいい、というスタンスなのはずっと崩していません」

「それならばお父様にお母様の説得をお願いしてみては？」

続けて上司が質問するが、鎌田さんは小さく首を横に振った。

「ダメなんです。母が……母がどうしても仲井戸様との結婚にこだわっていて、最初は苦言を呈してくれていた父も、だんだん仕事の忙しさを理由にこの件に触れなくなりました。はっきり言って、なにを言っても母が折れないので諦めたんだと思います。そういう人ですから、父は」

「……お母様、かなり面倒な人ですね」

ずっと近くに控えていた石内さんがぼろっと本音を漏らす。それをすごい早さで「石内」と、上司が窘(たしな)めた。

「いえ、いいんです。私も最近では母とあまりに話が通じないのと、顔を合わせば口論になってしまうので、実家には帰らずホテル暮らしをしているんです。彼と一緒に住むことも考えたのですが、結婚もしていない相手と一緒に住むなど言語道断と、烈火の如く怒られてしまって……かといって彼に母の怒りの矛先が向くのも困るので、これまではひっそりとしたお付き合いを続けてきたんです」

「それは大変ですね……」

上司がため息をつき、彼女に同情する。

「でも、ずっとこのままというつもりはありません。私も三十歳になりましたし……他にも理由がありまして……もう母の目を気にして生活するのはいい加減やめたいんです。なので、近々彼と一緒に結婚の許しを得に実家に行くことになっていますし……」

「二人で挨拶に来ることに関して、お母様はなんと……？」

私の質問に、鎌田さんが少し寂しそうに目を伏せた。

「もちろん、猛反対です。来るなら私一人で来いと。でも、母には内緒で二人で行くつもりです。もしそれで許してもらえないなら、鎌田の家から勘当されても構わないと思っていますので」

彼女以外の私を含めた三人が、「むしろそのほうがいいよ……」という空気を醸し出す。でも、それではまたお母様が勝手に何かをやらかす可能性が残ってしまう。できることなら、しっかり解決した上で鎌田さんには幸せになってほしい。

「とにかく、お母様には私とあなたの結婚をきっぱり諦めていただかないと。あなたと同じように、私にも心に決めた相手がおりますので」

ため息交じりに言うと、鎌田さんがなにかを思い出したようにハッと顔を上げた。

「あ、そうだ……!!　仲井戸様、もしかして仲井戸様のお相手というのは、神社が関係している方でしょうか？」

「え？」

ここまで、自分は一言も神社の話などしていない。なのに、なぜ彼女の口から神社が出てくるのか。

それについて深く考えようとすればするほど、体から血の気が引いていく。

「どういうことでしょうか。鎌田さん、その件についてなにか……」

多分私の顔色が変わったことで、彼女の言うとおり関係があることが分かったのだろう。鎌田さんがやっぱり、という顔をする。

「仲井戸様……!! 母は、仲井戸様のお相手のことをもう知っているかもしれません。この前、実家に彼を連れて挨拶に行くと言ったらそんなことはしなくていい。それよりも、いい結婚ができるように神社で祈願でもしてきたら、って言われたんです。なんでいきなりそんなことを言うのか聞いたら、最近仲井戸様や四十辺家のご当主がよくその神社に行っているようだから、きっと御利益(ごりやく)があるわよと。母は、あなたが神社に通っていることを知っていたんです」

一瞬言葉に詰まりかけた。でも、少し冷静に考えたらそれだけで淩さんの存在がバレたとは言えないのでは?

「いやでも、通っているだけで仲井戸の彼女がそこにいるとは普通考えない。その神社が先日私が結婚式を行った神社だということは、披露宴に出席した方なら皆知っている。秘書ならその関係で何度か通ってもおかしくないだろう?」

上司が腕を組みながら考えを述べた。しかし、鎌田さんの表情は険しいまま。

「いえ。楽観視はできません。母は、怪しいと思ったら徹底的に調べ上げますから。私の彼氏のことだって、紹介する前に出身地から家族構成まで全て調べ上げていたんです。その上で反対しているわけですし」

彼女の話を聞いていると、不安だけが押し寄せてくる。

「そして……母はこうも言っていました。私と仲井戸様の結婚の障害となるものは、私が徹底的に排除するから、と。だからあなたはなにも心配せず、母の言うとおり仲井戸様と結婚すればいいと。自分の親だから分かるんです。あの人は本当にそういうことをするんです」

目を伏せた鎌田さんを見つめていた上司が、真顔で私を見た。その表情だけで何を言いたいのかがすぐ分かった。

「……仲井戸」

「すぐ、手配します」

多分このとき、私と上司が考えたことは同じだったはずだ。

間違いなく、今一番危ないのは凌さんだと。

私が四十辺家のボディガードに神社周辺の巡回を指示している間、鎌田さんは彼女なりに母の動向を探ろうとしてくれたらしい。

「母が出かける際は必ず運転手が同行しますから、彼に聞けば母の行動は把握できますので。母が家にいればとりあえず安心かと」

彼女が耳にスマホを当て、誰かと話している。その会話の途中で、いきなり「えっ！」と声を上げたので、私と上司は同時に彼女を見た。

「あの……今実家に電話をかけたら、母も運転手も不在でした。それとなぜか父の秘書をしている男性も先程家に来て、一緒に出かけていったそうなんですが、これって……」

鎌田さんが不安そうな顔で私と上司を交互に窺う。

状況としては、あまりよろしくない。必ずしも彼女の母が神社に向かっているとは言いがたい状況ではあるが、念には念を入れた方がいい。

「澄人様、私がこれから神社に向かいます」

「……そうだな、行ってくれ」

凌さんの身になにも起きていないことを願いながら、個室を出て車に向かった。

＊

朝から真っ青な晴天。

気持ちのいい朝を迎えたこの日、私は札所の担当となっていた。

札所というのはお守りやお札などを販売する場所のことで、うちの神社では一般的な交通安全、厄除(やくよ)けなどのお守りの他、おみくじも扱っている。

うちのおみくじは、みくじ棒と呼ばれる細長い棒が入った角柱の箱を参拝者に振ってもらい、小さな穴から飛び出した棒に書かれている番号を教えてもらって、こちらからその番号のみくじ箋をお渡しする、という方式だ。

日によって全然おみくじをされる参拝客がいない日もあれば、それぱっかりの日もあるのでこればかりは読めない。

しかしこの日は女性の参拝客が多かったせいもあって、朝からおみくじの対応に追われた。その合間にお守りの授与と、祈祷の受付などもあってこの日の午前はあっという間に過ぎていった。バイト巫女の女性がいなかったら私一人では対応できないところだった。多分お宮参りや厄払いなどでご祈祷を予約された方が数組いらっしゃったからだと思うけれど、平日にしてはなかなかの忙しさだった。

――ふー、ちょっと参拝客も減ってきたし、今なら札所一人でも大丈夫かな……

「私、ちょっと掃き掃除してくるので、ここをお願いします」

「はい」

札所の担当をバイトの女性に任せ、席を離れた。その隙に軽く境内を掃き掃除して、昼食を済ませてからすぐ札所に戻る予定だった。

しかし、この予定が大幅に狂うことになったのは、私の前にとある女性が現れたからだ。

掃き掃除をしている最中、なんとなく人の視線は感じていた。それが足音とともに近くなり、私の側で停まったとき。少しだけイヤな予感がした。

――なんだろう、この感覚……

恐る恐る顔を上げて、足音が停まった辺りを見る。

竹箒を持つ私の近くにいるのは、大きなつばのある帽子を被った五十代後半くらいから六十代の女性だ。身なりはきちんとしていて髪は短い。身に付けている宝飾品も多く、パッと見た感じ経済的に裕福な人、という印象を持った。

——誰かな……？　知っている人じゃないよね……？

「あのう」

女性が話しかけてきた。

「はい」

「あなたはこちらにお勤めの巫女さんかしら？　たしか、久徳……」

「そうです」

私の名前を知っているところからして、氏子の方だろうか。でも、どんなに記憶を辿ってもこの女性に見覚えがない。

私が名を明かすと、女性が「へえ……」と言ってまじまじと見つめてくる。それは、あまり気持ちのいい見方ではなかった。たとえて言うなら、ちょっと信じられない、という疑問を含んだ視線に近い。

——なんだろう……なんかこの人、ちょっと怖い……

じりじりと後ずさりしながら、どうにかこの場を切り抜けられないかを考える。掃除をしながら移動するか、それともさっさと用件を聞いてしまうべきか。

考えていたら、相手の方から先に口を開いた。

「すみません、こちら、縁結びのお守りは置いていらっしゃいますか？」

わりと普通の質問が返ってきて、ちょっとホッとした。

——なんだ、参拝の方か……？

「はい、ございます」

「どちらになりますか？」

どうぞこちらへ、と私が先導する形で女性を社務所の方へと誘う。しかし、なぜかその女性はその場から離れない。

「……？　あの、お守りはこちらなのですが」

足を止め、もう一度女性に社務所のある場所を手で示した。しかし、女性はにっこりと微笑むだけで動こうとはしない。

「そう……でもね。縁を結ばれると困るのよね……」

「え？」

なにを？　と振り返ったとき、女性がああそうだ！　と両手を叩いた。

「そうだわ、私、宮司様に見ていただきたいものがあったの。必要ならご祈祷してもらおうと思ってね。巫女さん、悪いけど車まで取りにきてくれないかしら」

「宮司に……ですか？　大変恐縮ですが、お約束はされてますか？」

父からお客が来るという話は聞いていていない。

「約束？　そんなのはしていないわ。さっき気がついて急いで持ってきたのよ」

「そうでしたか……大変申し訳ないのですが、お約束のない案件は取り次ぐことができかねます。それに宮司は今外出中でして……」

——い、いったいなんなのだろう……？　よくわかんないな……

しかしこの女性は、宮司が不在だと言っているのに、まったく残念そうな顔をしない。

「あっそう。じゃあ、あなたでいいわ。ちょっと見てもらうだけでいいの」

「私でよろしいのですか？」

「ええ。見てもらうだけですから」

くるっと踵を返し、女性が鳥居に向かって歩き出した。仕方なく竹箒をその場に置き、スタスタ歩いて行く彼女の後ろからついていくと、神社専用の駐車場に女性が乗ってきたと思われる車が停めてあった。

よく見たら超高級外車だったのでちょっと怯んでしまう。しかも色は鮮やかな赤、である。

——す。すごい車……それにしても、車に載っている祈祷が必要な物って、なに？

「この後ろに載ってるの」

「えーっと、ちょっと待ってくださいね……」

後部座席のドアが開けられて、中を見るよう促される。でも、ざっと見たところ後部座席にはなにもない。

「……？　なにもないようですが」

「そんなことないわ、よく見てみて」

座席の上から下までくまなく見るが、どこをどう見てもなにもない。

――ええ……もしかして私には見えないだけでこの女性には見えてるとか……？　だったらめちゃくちゃ怖いんだけど……

どんなオカルト案件だよと。ちなみに宮司である父も景も私も霊感なんてない。そういう相談に関してはうちでは対応できない。

「あの……本当になにもありません。本当に載っていますか？」

「ええ、あるはずなのよ」

おかしいなあ……と、後部座席の上に片膝を乗せて奥まで確認する。すると、いきなり背中をドン!!　と押されて、そのまま座席に転がり込んでしまった。

「きゃあっ!?」

「ごめんなさいねえ、ちょっとそのままでいてくださる？」

「そのまま??」

何のことだか理解できずにぽかんとしていると、その女性が後部座席のドアをバン、と閉めた。

なんで閉める⁉　と困惑していたら、今度は運転席にその女性ではなく、知らないスーツ姿の男性が滑り込んできた。年齢はおそらく私より上の三十代後半くらいから四十代前半ほどで、体型がスマートな男性だ。

その男性は運転席に座りエンジンをかけると、あろうことかすぐに車を発進させてしまった。

「えっ⁉　えっ⁉　ちょっと待ってください‼」

驚いてドアに手をかけても、ドアは開かない。ロックがかけられているようだ。

なんで⁉　と徐々に遠くなる女性を車から見つめた。彼女は、感情を無くしたような冷めた目で、ずっとこちらを見続けていた。

——なんか変……‼　これは一体どうなって……

困惑したまま運転席の男性にルームミラー越しに目を遣る。この状況にも全く動じていないこの男性って、一体何者なのだろう。

「あ、あの……これは一体、どういうことなんでしょうか……」

「さあ……私には分かりかねます」

男性はこれだけ言うと、すぐにまた黙ってしまった。

でも、わからないはずなんてない。これはどう考えたって拉致でしょう。

「何を言ってるんですか？　これって拉致みたいなものじゃないですか。あなたはそんな犯罪まがいなことの片棒を担がされているんですよ？　あとで大変なことをしたと後悔しても知りませんよ」

「……あなたが拉致だと言わなければ犯罪にはなりません」

淡々と返ってきた返事に寒気がした。それってどういうこと？　私が黙らざるを得ないような目に遭わされるということ？　それとも、物理的に何も言えない状態になって帰宅するということ？

どっちにしても最悪だ。

小さく震えだした手を掴み、必死で気持ちを落ち着けようとした。

「シートベルトをしてください。危ないです」

「……しますけど……」

規則なのでしますよ。しますけど、一体何がどうなっているのか。

「あの。せめてさっきの女性のことだけでも教えてくれませんか」

「さっきの女性とは」

「私をこの車まで誘導した女性ですよ」

少々の間が流れる。なんだろう、言いたくないのか？

「……私がお仕えしている方の奥様です」

渋々といった感じで答えてくれた。でも、それだけじゃなんにもわからないままだ。

「奥様って、誰のですか？　私と関係のある方なんですか？」

「あなたと直接関係はないと思います」

「だからそれを教えてくれって言ってるんです」

「すみませんが、私の口からはこれ以上のことをお話しできません」

間髪を容れず返ってきた答えに唖然とする。

多分、その奥様という人に話してはいけないと言われているのだろう。でも、こんな目に遭わされている身としてはそれじゃ納得できない。

「教えてくれないのなら、なにもわからないじゃないですか。だとしたらやっぱりこれは拉致ですよ」

「じきにわかります。それまでお待ちください」

「……じきにって……」

こっちが不服そうにしていても、男性の表情は変わらない。多分、私が粘ったところで話してはくれないだろう。

困ったな。

でも、下手に騒いで事が大きくなるのはマズい。

——仕方ない、今はおとなしくしておくか……。でも、どこかで隙を見つけ次第、この人達から逃げないと大変なことになってしまいそう。

これはさすがに先日のマンション建設に関する嫌がらせではないはず。となると、私にこんなことをするのは……仲井戸さんがらみ？

そう思った瞬間、この前仲井戸さんが言っていた女性のことを思い出した。まさかあの女性が私にこんなことを？

でも、さっきの女性はどう見ても年配で、三十歳には見えない。

このときふと、仲井戸さんの部屋に行ったときに見た、経歴書が頭に浮かんできた。

「……もしかして、鎌田桃子さんが関係してます？」

名前を出したら、ルームミラー越しに運転中の男性の表情が一瞬だけ強ばったのを私は見逃さなかった。

当たりかな。

「どうしてその名を？」

男性が静かな口調で尋ねてくる。

「……いえ、なんとなくそんな気がしたので」

「だとしたらどうしますか」

——やっぱり当たりかな。

「どうすると言われても……私は桃子さんと直接面識もありませんし……とにかく家に帰してほしいだけです」

「桃子お嬢様の名前を知っているのなら、こういうことになった事情はよくわかっていらっしゃるのではないですか？」

やっぱり当たりだった。

でも、今男性がお嬢様と言っていた。てことは、さっきの奥様というのは桃子さんのお母様ということか。

——いやでも、普通子どもを窘める側のお母様がこんなことする？

ますます頭がこんがらがってくる。

「わかりますけど。でも、私をこんな風に拉致したって意味ないと思いますけど。仲井戸さんと結婚したいのであれば、仲井戸さんと直接話し合うべきだと思いますし……」

思っていることをはっきり言ってしまった。もしかしたら気分を害してなにか言ってくるのではないか？　と思い身構えていたのだが、意外にも運転手の男性からこれに関する反論はなかった。それどころか、ミラー越しの男性の顔が曇ったように見えたのは気のせいだろうか。

「……そんな簡単な話じゃないんですよ」

「え？」

「正直言うと、私だってこんなことしたくないですよ。雇い主の奥様だから、言われて仕方なく従っているだけです」

びっくりした。まさかこの男性が自分の気持ちを語ってくれるとは思わなかったから。

「仕方なく……って……あなたは、雇い主の命令だからって極端な話、犯罪行為に加担までするんですか？　それは違うと思いますけど」

運転中の男性の顔が苦しそうに歪む。

「……わかっていますよ。わかっているのですが、こちらにも事情があるのです」

「事情……」

「とにかく、あなたをお連れしたのは奥様と二人で誰にも邪魔されず話し合っていただくためです。暴れたりしなければ危害を加える事はありません」

「……暴れはしませんけれど……」

「頼みます。おとなしく従ってください」

改まって頼まれると弱い。何も言えなくなってしまう。

――頼むって……拉致みたいなことしてるくせに……

言ってやりたいことは山ほどある。でも、ここで大騒ぎして相手の気分を害したら、それこそどうなるかわからない。

今の私に選択肢はない。

「わかりましたよ……わかりましたけど、話が済んだらちゃんと家に帰してくれますよね？　仕事中に突然いなくなったんですから、間違いなく今頃うちは騒ぎになっていると思いますよ。そこだけはちゃんと知っておいてください」

「それは承知しています。……私も正直どうしてと思いましたが、きっと奥様はここまでしないとあなたと話し合えないと思ったのでしょう」

「そんなことないのに。普通に話し合いの機会をくだされば……」

「多分、仲井戸氏に知られたくなかったのだと思います。知られたら、きっと大変なことになりますから」

ビシッと言われてしまい、あ。と思った。

——確かに……

激しく同意してしまった。

「いなくなった理由ですが、急な買い物にでも行っていたとか、いくらでも誤魔化せるでしょう」

「いやー……それはどうかな……それに私、スマホ置いて来ちゃったんで連絡もできないのですが」

「スマホを忘れるなどよくあることです。連絡が必要ならば私のスマホから神社に一報入れてください。固定電話の番号なら覚えてらっしゃるでしょう？　今なら……まだ三十分も経っていないのでさほど騒ぎになったりはしていないのでは？」

——ちっ……よけいなことを……

心の中で盛大に舌打ちをしてから、運転席から後部座席に向かって差し出されたスマホを手に取った。

＊

凌さんのスマホに電話をかけてみたのだが、一向に出る気配がない。

「出ないな……」

同僚である石内が運転する車の助手席で、一旦通話を終えてスマホをジャケットのポケットにしまう。

「先に近くにいた者に神社に行くよう指示は出してあるし、とりあえず神社に行ってみてからだな。そこに凌さん？　がいれば問題はないわけだし」

「なんで石内まで彼女を名前で呼んでいるんだ？」

じろりと睨むと、石内がへらっと笑った。

「いいじゃん。久徳さんって呼ぶより凌さんのほうが。それにしても凌さん綺麗だもんなあ、仲井戸が一目惚れするのもなんかわかる。和風美人っていうの？　凛としててさ、巫女姿がかっこいいよな」

彼女が褒められるのは、もちろん喜ばしいこと。だが、相手が石内だとなんかむかつく。

「……そういうことはいいんだよ。今は彼女の無事を確認することが先決だから」

「まあなー、無事だといいんだけど……でも、なーんか嫌な予感がするんだよな」

「やめろ、縁起でもない」

「だって、さっきから何度も電話かけてんだろ？　もうとっくに昼休憩に入っててもおかしくないのになんの連絡もないなんて。これまであった？」

「……いや、ない」

これまでは、こちらが午前中に連絡をすると昼の休憩時間に電話がかかってきたり、メッセージが来たりしていた。でも、もう昼の一時を過ぎたのになんの反応もないのは、明らかにおかしい。

不安だけが増すこの状況で、彼女の実家でもある神社に到着した。そして社務所に顔を出した瞬間、不安は的中することになってしまった。

「仲井戸さん……あの、神社の周囲で姉を見ませんでしたか？」

この神社の禰宜である景さんが、やや青い顔をして私の元へとんできた。すぐに私の後ろにいた石内と顔を見合わせると、彼は社務所に顔を出すことなくスマホを耳に当てながら車に戻っていった。

――くそ。やられた。

「いえ。見ていません。私もさっき淩さんに電話をしたのですが繋がらないので、どうしたのかと思いまして……」

景さんの顔がますます青くなっていく。

「そうでしたか……いや、姿が見えなくなったのは昼の休憩に入る前なので、三十分くらい前かな。でも、スマホを置いてってるんですよ。普段どこかに行くときは必ず持っていくのに……」

おかしいな、と首を傾げる景さんが、いきなり鳴った神社の電話に反応した。巫女の女性が取ろうとしたその電話を、景さんが先に取った。

「え、姉ちゃん!?　スマホ置いてどこ行ってんの!?」

電話が凌さんからだとわかり、急遽（きゅうきょ）意識がそちらに向く。

「はあ……いや、なに言ってんの？　仕事どうすんだよ。早く帰ってこいって」

意味が分からない、という顔をしている景さんと目で合図をして、電話を代わってもらう。

「凌さん？　仲井戸です」

『えっ!?　な――……いやいや、なんでもないです』

私の名前を口にしないようにした。ということは仲井戸の名前を相手の前で出すのはマズいと判断したから。

それに気付いたので、すぐ彼女にあることを確認することにした。

「凌さん、もしかしてなにかありました？　当たりならわかりましたと答えてください」

『……わかりました』

近くに相手がいるかもわからないので、極力小声で尋ねた。

「もしかして鎌田さんがらみ？」

『わかりました……』

——やはり。

「状況は理解しました。なんとかしてそちらに向かいます。どうか気を付けて」

『はい……じゃ、じゃあ、もうちょっとしたら帰るんで……』

プツ。と電話が切れた。でも、思っていたよりは彼女の声がいつも通りだったので、それほど危ない環境ではないようだった。

「いやいやいや、仲井戸さん!! なにかあったってなんですかあ!?」

景さんが私に縋(すが)ってくる。

「申し訳ありません。どうやら私がらみのいざこざに、彼女が巻き込まれてしまったようです」

「いざこざってなにー!?」

「えーと……非常に申し上げにくいのですが、私に求婚を迫る方にどうやら凌さんが私の恋人だと知られてしまいまして。おそらくその相手の方が将来的な事に関するなんらかの話し合いをしたいがために彼女を連れ去った、と私なりにですが解釈しております」

「……えええっ!? 姉ちゃんと仲井戸さんて付き合ってたの!?」

——あ、そうか。凌さんはまだご家族に私とのことを話してなかったのか。いや、なんで話さないんだ？ 彼女の中では私はまだ恋人と認識されていないのか……？

思わず眉をひそめそうになるが、今はそれどころではない。

衝撃的なことばかりで面食らっている様子の景さんに、深々と頭を下げた。

「はい。ご挨拶に伺おうとしていた矢先の出来事で、私としてもこんな形での報告になるのは非常に不本意です。ですが、かならず彼女を無事に連れて帰って参ります」

「えー……ていうかもうわけがわからない……と、とにかく、こんなことが父親にバレたら大変なことになるので、今は黙っておきます。でも、夕方までに姉が戻らなければ父に報告せざるをえません。それでもいいですね？」

「承知いたしました。夕方までには必ずお姉様をお連れします」

景さんが頭を抱えた。

「お願いします……とにかく僕は、姉が無事ならそれでいいんで……」

「もちろんです。お姉様の無事が最優先です」

「でも、どうやって居場所を調べるんです？　姉にはＧＰＳなんかつけてないですよ」

「凌さんを連れ去った方が所有している家や別荘は全て把握しています。先程の電話は移動中の車の中からかけてきたと思われたので、ここから車で三十分以上かかる位置にあるところを重点的に当たってみます。それに、相手は暴力団ではありません。彼女に乱暴なことをする可能性はかなり低いと思います」

多少安堵したのだろうか。ずっと強ばっていた景さんの表情がやっと緩んだ。

「そうですか……それを聞いて少し安心しました。それより、仲井戸さんは大丈夫なんですか？」

「……私ですか。大丈夫、とは……？」

「だって、彼女が連れ去られたんですよ？　俺だったらいてもたってもいられないと思うんですけど、どう見ても平常心ぽいから……」

不安げな顔で問われて、思わずフッ、と笑みが出てしまった。

「全く平常心ではありません。各方面に怒りが湧いておかしくなりそうです」

まず彼女をこんな目に遭わせた鎌田桃子さんのお母様に。彼女を連れ去ったと思われる鎌田家の使用人に。そして、彼女をこんな目に遭わせてしまう前に事態を収められなかった自分自身に。

数秒のあいだ、ぽかんと私を見ていた景さんが、私に近づき肩をポンポンと軽く叩いた。

「……お、落ち着いてくださいね……？」

「はい。ありがとうございます」

ここは立場が逆だな、と思いつつ車に戻る。すでに石内が運転席に座っており、車のエンジンもかかっている。

「先に神社に向かった者が怪しい車を見たらしく、追跡している。澄人様には連絡済みだ。あらゆる手を使っていいとお許しも出た。行くぞ」

電話を終えた石内がスマホを内ポケットに入れ、すぐにハンドルを握った。

普段はおちゃらけている石内だが、こういった有事の際は行動が素早い。

「お前、今の状態で鎌田母を見たらその瞬間に殴りかかるかもしれないからな。目的地に到着するまでにちょっとクールダウンしておけよ」

「……腹は立ってるが、女性を殴ったりはしない」

「どうだかなあ。今のお前、すげえ目が怖い」

「……怖い……？」

石内が手早く神社の駐車場からバックで車を出すと、そのまま目的地に向かってアクセルを踏み込んだ。

――とりあえず、彼女と対面したときに怖いと言われないよう気を付けよう……

第六章

ヒヤヒヤしながら仲井戸さんとの通話を終えた。

彼がなんで社務所にいたのかはよくわからないけれど、声を聞いた瞬間に気が抜けて彼の名前を叫びそうになってしまい、慌てて口を噤んだ。

——やばいやばい、仲井戸さんと話してるってバレたらスマホ取り上げられちゃう！

「電話に出たのは弟さんですか？」

「そうです」

「でも途中から敬語になってましたよね。電話の相手が代わったんですか」

——しっかり聞いてたのね。用心しておいてよかった。

「はい。ち……父に代わりました。とにかく夕方までには帰りなさいと言われました」

「そうですか。では、一刻も早く話し合いをするべきですね」

淡々と答える男性は、こちらを見ない。でも、私に目隠しをしたりしないので、行き先がバレても問題ないということか。

「……あの、行き先までの道、私に知られてもいいんですか？」

おずおず尋ねたら、男性が意外そうにこっちを見た。

「……そんなことを言われるとは思いませんでしたが……でも、構いません。もう雇い主が誰なのかもバレていますし」

「そうですか……」

それから目的地に到着するまで無言の時間が続いた。車に備え付けられている時計をちらちら見ていたので、拉致されてから約五十分ほどで目的地らしき場所が見えてきたとわかった。

住宅地から離れた山の中腹。道路も二車線あったものが一本横道に入ったら車一台通るのがやっとの道幅になった。周囲を緑に囲まれた……といえば聞こえはいいが、つまりは人気のない山の中。

しかしその山の中を進んでいくと、ポツポツと住宅が見えてきた。一軒あたりの土地が広く、家も大きいところを見ると、このあたりは別荘地だろうか。

その別荘地内の一角でついに車が止まった。

たくさんの緑を有する敷地内に、木造の住宅がぽつんと建っている。これがきっと、鎌田さんが所有する別荘なのだろう。

木造二階建ての総二階の建物。一階には広めのウッドデッキがあり、テーブルと椅子が置かれている。ここでお茶をしたりするのか。

状況が状況でなければ、わー、素敵。となりそうな環境なのに、こんな状況では全然羨ましくない。非常に残念である。

「こ……ここですか？」

「ええ」

建物を眺めてから敷地内をぐるっと見回してみる。私達が乗ってきた車が停まっているところとは反対側、敷地の隅っこにもう一台車が停まっているのが見えた。ということは、家の中には誰かがいるということだ。

「降りてください」

手を拘束などはされていないので、言われるまま自分で車を降りた。数日前に雨が降ったのか地面は若干湿った土で、空気がジメジメしている。

しかも巫女の格好のまま拉致されてしまったので、この場所との違和感が半端ない。足下なんかサンダルだし……

——巫女の衣装、汚したくないんだけどなあ……

拉致されたことよりもそっちの方が憂鬱になる。とはいえ、ここで逃げ出しても自力では帰れないので、仕方なく従うことにした。危害は加えない、という言葉を信じて。

男性が先導してドアを開けてくれる。無言で家の中に入ると、玄関には靴が二足。男性のものと思われる大きな革靴と、女性もののパンプス。これを見た瞬間、先程遭遇した鎌田さんのお母様がいるのだと確信した。

――は、話し合い……私、ちゃんと相手を納得させることができるのかしら……

ドキドキしながらリビングルームに入る。床はダークブラウンのフローリングで、部屋の中央には白い上質そうな応接セットが置かれている。大きなリビングは上部が吹き抜けになっており、リビングの端に二階へ向かう為の木製階段がついている。天井からは垂れ下がるタイプの豪華な照明がついており、部屋全体は女性が憧れる素敵な別荘といったところか。

部屋に意識を持って行かれそうになる中、部屋の中央のソファーには、さっき神社で私を車に誘導したあの女性がいて、優雅にお茶を飲んでいた。

リビングとは壁を隔てているキッチンの方からなにやら音がするので、もう一人誰かいるのだろう。

女性が私を見るなり、にこりと微笑んだ。

「いらっしゃい。こんなところまで連れてきてごめんなさいね？」

私達よりあとから来たはずなのに、なんでこの人の方が先に到着してるのだろう。

「あの……来るの早かったですね……」

「ええ。あなたには少し遠回りしてもらったからね。最初は別の場所にしようかと思ったのだけど、知らない車につけられているような気がしてね。撒(ま)きながらここへ来てもらったの」

つけられている、と聞き、私の中で希望の火が点(とも)った。

もしかしたら仲井戸さんかもしれない。仲井戸さん本人じゃなくても、彼の仲間である誰かがここを探してくれているのかもしれない、と。

――仲井戸さん……!!

「座って?」

鎌田さんのお母様が自分の目の前にあるソファーを目で示した。私をここまで連れてきた男性に目線を送ると小さく頷いたので、素直に従うことにした。

「……あの、なぜ私をこんなところまで……」

「お仕事中だから悪いとは思ったのよ? でもほら、あの場所でちょっと立ち話程度では済まなそうでしょう? それにゆっくりお話を申し込んでも、私の正体を明かしたら多分受けてくださらないだろうし……そうなると、ちょっと強引な手段で機会を作るしかなかったの。ごめんなさいね、他にも手立てはあったかもしれないんだけど思い浮かばなくって。それと」

カップをテーブルに置いた鎌田母が腕を組み、グッと身を乗り出してきた。その目が真剣でめちゃくちゃ怖い。

「とにかく時間がないの。早くしないと娘が、その辺のどうでもいいような男と結婚しそうだったのでね」

「えっ?」

――どうでもいいような男と結婚!? 桃子さん、結婚するの?

てっきり桃子さんは仲井戸さんのことが好きなんだと思っていた。それが別の男性と結婚をすると聞き、ホッとせずにはいられない。

「あの……それはつまり、桃子さんには婚約者がいて、結婚の約束までされているということでしょうか……だったら……」

私がここに連れてこられた意味って、もうないのでは？　と考えた。しかし、そんな私の考えはあっさりと打ち砕かれる事になる。

「ふん。そんなのは娘が勝手に決めた事よ。私は許してないわ」

「えええ……？」

安心しかけた反動で、余計に驚いた。

どうなってんだ？　と頭の中を整理する。そういえばさっき、運転してたあの男性もそんな簡単な話じゃない、って言ってたっけ。

つまり、この人は娘である桃子さんが好きになった相手との結婚は許さず、自分の希望で桃子さんと仲井戸さんを結婚させようとしているのか。

——いや、そんなのダメでしょ。一昔前じゃないんだから。

沸々と怒りが湧いてきて、気がついたら目の前にいる鎌田母を睨みつけていた。

「……っ、そんなの桃子さんが可哀想すぎます。結婚くらい彼女の自由にさせてあげたらいいじゃないですか」

「だめです。不幸になるとわかっている結婚を許す親がいます？」

「不幸かどうかは桃子さんが決めることですよ」

「うるさいわね、あなたが言うことじゃないの。そんなことより、あなたは他にやることがあるのよ」

「な……なにをしろっていうんです？」

怖いのを跳ね返すように反論すると、鎌田母がふふっ、と微笑む。

「簡単なことです。仲井戸大起さんと別れてください。どうやら彼はかなりあなたに惚れているようなので、あなたが彼を振るのです。そうすれば彼も諦めるでしょう？」

「そんなことできません」

きっぱり断ったら、鎌田母のこめかみがピクッとした。

「はっきり言うわね」

「当たり前です!!　わ……私も彼の事が好きですし。別れるつもりはありません」

「そう……困ったわねえ……でも、どうしても別れてもらわないと困るのよ」

鎌田母が側に置いてあったバッグの中から扇子を取り出し、パン！　と広げて自分の顔を煽りだした。

「なんでそんなに仲井戸さんにこだわるんですか？　同じような条件で相手を探すなら、仲井戸さんでなくたっていいはずです」

仲井戸さんが言っていた、鎌田母が娘の桃子さんの結婚相手に挙げた条件の数々。それを満たす人などいくらでもいそうだが。

私の質問に、鎌田母がふん、と鼻を鳴らす。

「条件だけならね。確かに他にもいい人はいるでしょう。でも、やっぱり私としては大起さんがベストなのよ」

「なんでですか」

ついムッとした声が出てしまった。

しかし、鎌田母はなぜか嬉しそうに頬を緩ませた。

「そんなの、わかるでしょう？　あなただって大起さんとお付き合いしているんだから、私と考えていることは一緒だと思うの」

「……っ、だから、なにを……」

「彼、あの顔とスタイルよ。美しいでしょう？　若い頃のお父様にそっくりなの。私ね、彼のお父様に憧れていた時期があってね。だから将来自分の娘ができたら、絶対あの人の息子と結婚させたいと思っていたの」

「え……」

私がまじまじと見つめると、鎌田母はふふっ、と楽しそうに微笑んだ。

「仲井戸さんのところに男の子がいるのは知ってたの。だからうちの桃子を仲井戸さんの上のお子さんが通っている学校に入れたわ。桃子に彼を意識するようになにかにつけて大起さんの名前を出すようにしてね。そうしたら桃子も大起さんのことが好きになったの。うまくいったと思ったわ。それなのに」

それまで笑顔だった鎌田母が、急に険しい顔になる。

「桃子ったら、一度大起さんにお見合いを断られたからってあっさり諦めるだなんて……!! しかもあろうことか、同僚であるごくごく普通のサラリーマンとお付き合いを始めたのよ!? とんでもないことだわ!!」

怒りを露わにする鎌田母だが、まったく共感できない。

「……いやあ……お互いが好きなら、なんだってよくないですか?」

「あなたなに言ってるの!! いいわけないでしょう!?」

ものすごく威勢のいい反論に驚いて、ビクッとしてしまった。

「私はね、子どもの頃は家が裕福ではなかったの。でも十代の後半頃から父の事業が軌道に乗って、だんだん生活は豊かになっていった。だからその縁で仲井戸家とも御縁があったし、夫とも知り合えた。それは、家が裕福になったからこそよ」

なんか急に鎌田母の過去話が始まった。

「娘の桃子には私が子どもの頃味わったような苦労はさせたくないの。だからただのサラリーマンとの結婚など許すわけにはいかない。なんとしても大起さんと結婚してもらわないと」

「ちょ、ちょっと待ってください。だからそこでどうして仲井戸さんになっちゃうんですか？　いくらお父様に憧れていたからって、なにも仲井戸さんじゃなくたって素敵な男性はいくらでもいるじゃないですか！　ましてや桃子さんにはお付き合いしている男性がいるんですよ？　彼女の気持ちはどうなるんです」

「気持ち？　そんなのどうにでもなるでしょう。それ以上に仲井戸家には他の家にないものがあるのよ」

鎌田母がパシッと扇子を閉じ、じっと私を見る。その目が鋭すぎて怖い。

「ほ……他の家にないものって、なんですか……？」

「不動産よ」

はっきり言い放ったその言葉に、なんとなく腑に落ちるものがあった。

──確かに、商店街にも物件を所有していて、彼が住んでいるのも高級マンションだった。それに四十辺家との繋がり。

仲井戸さんのご実家が普通ではないという考えが頭を占め始めたとき、鎌田母がまた扇子を開く。

「仲井戸家は元々とある武家の流れをくむ名家ではあったけれど、数代前がやっていた事業が大当たりして莫大（ばくだい）な資産を得たそうなの。それを元手にして大起さんのお祖父様やお父様がさらに資産を増やし、今は持っていた事業を全て売却してお二人とも別荘地でのんびりリタイヤ生活を送られているようよ」

「え。そうなんですか」

「はあ〜……羨ましいわあ。うちも主人にさっさと会社なんか手放して、別荘でのんびり暮らしましょうって散々勧めているんだけど、なんせうちの主人仕事大好き人間でね。生きがいの仕事がなくなったら楽しみがないなんて言うのよ？」

「へえ……」

鎌田さんご夫婦の事情は私にはあまり関係ないが、仲井戸さんのご実家のことは初耳だ。普通に驚いてしまった。

「娘にはお金の苦労などせずのんびり生きていってほしいの。お金さえあれば汗水垂らして働くことなんかないわ。それが、仲井戸家に嫁げば実現できる。いくつもの不動産を持っているのだから不労所得が得られるし、大起さんは美形。となると生まれてくるであろう子どもも桃子となるらきっと美形になるわ。ほら、最高じゃない？　私は美形の義息子と孫に囲まれて幸せな余生を送るのよ」

勝手に未来を予想してうっとりしている鎌田母。そんな人を前にして、私は何を言ったらいいのか非常に悩んだ。ていうか、突っ込み処が満載でどこから手をつけるべきなのか、まずはそこからだ。

「言いたいことはたくさんありますけど……まず、娘さんの幸せとあなたの幸せは違うというところから突っ込んでいいですか？」

「なんですって？」

鎌田母が反応した。途端に鋭くなった視線が怖いけれど、負けていられない。

「確かにお金があれば生活は豊かになります。でも、お金で得られないものだってたくさんありますよ？ 仕事を介して知り合う人との交流や、働いて得られる達成感なんかもそうです。高齢ならまだわかりますが、まだ若いうちからそういったことを放棄するのは、私は勿体（もったい）ないと思います」

「勿体ない……？ そんなの貧乏人のやっかみでしょ」

吐き捨てるように言われて、ちょっとだけ心が痛む。

——確かにうちは金持ちじゃないけどさあ……

「そうかもしれないですけど、願えば働かずに生活することもできるのに、娘の桃子さんは大学を出てからずっと会社員をしてるじゃないですか。辞めないということは、仕事にやりがいを感じているからなのではないですか？」

「……そんなのは知らないわ。家にいても暇だからやってるんじゃないの？」

「家にいても暇だというのなら、あなたの思い描く生活では彼女は満足しないじゃないですか。そもそもそこから考え方がすれ違ってません？」

突っ込んだら鎌田母が黙った。顔は憮然としていて、なにかを言いたそうにしているが。

「それに桃子さんにはすでに結婚したい相手がいるのに、それを強引に別れさせて仲井戸さんと一緒になったとして、彼女は本当に幸せになったと言えるんでしょうか？　そんな結婚では、桃子さんも仲井戸さんも幸せにはなれないと思います」

口ではあんなことを言っていても、多少刺さるものがあったのか。鎌田母がさらに表情を歪め、その口元は震えているようにも見える。

「……っ、当人でもないのに知ったようなことを……うるさいわね、娘の結婚を親が決めることのどこが悪いの!?　誰よりも娘の幸せを願っているのは親なのよ!!」

「気持ちはわからないでもないですが、本人のことは本人が決めるのが一番いいんです。さもなければもし、親の言うなりになって仲井戸さんと結婚しても、結婚生活がうまくいかなかったらきっと桃子さんの怒りはあなたに向くと思います。お母さんがそうしろっていうから結婚したのに、と。そうならないためにも、こういったことは本人が決断したほうがいい、と私は考えます」

もちろん、本人が冷静に判断できないときなどは親が決める場合もあるかもしれないが、親のいいなりになることなく、好きになれる人を見つけた桃子さんならきちんと判断できるはずだ。

私の考えははっきり伝えた。これであとは相手がどう出るか。

――わかってくれる可能性ははっきりいって低い。でも、私にはこれしかできない……

息を呑んで鎌田母の出方を待つ。

鎌田母は再び扇子を開き、ソファーに座って脚を組みながらパタパタと顔を煽っている。

「……言いたいことはそれだけかしら」

「……は、はい……」

またさっきまでの冷酷な鎌田母に戻ってしまったように見えた。やはり、私みたいな一般人が何を言っても刺さらないか……

がっくりと心の中で肩を落とす。

どうしよう。今日中に家に帰れないかもしれない。

絶望感に押しつぶされそうになっていたとき、リビングに響き渡るようにピンポーンと音がした。

すぐに怪訝な顔をしたのは鎌田母だ。

「……なあに？　他にも誰か呼んだの？」

私を乗せてきた運転手の男性に鎌田母が尋ねるが、男性は「いえ、私は呼んでいません」と否定した。

「じゃあ誰なのよ……ちょっと、見てきてくれる？」

鎌田母の指示を受けて、運転手の男性が玄関に向かう。

「あなた、ずっと突っ立てるのもなんだから座ったら？　私はね、あなたをいじめたいわけじゃないのよ。ただ、仲井戸さんとのことを諦めてくれればそれでいいの」

――それが一番無理なんですけど……

こんな目に遭うのは嫌だけど、でも、仲井戸さんの事を諦めることはできない。そんなことをするくらいなら、数日監禁されるくらいたいしたことじゃないわ。

「……ですから、それはできかねます。私は彼を誰よりも愛してますので」

意を決してすっぱり自分の気持ちを伝えたら、鎌田母がわなわなと震え出す。

「ま……まあ!! な、なにを……!! あなたね、身の程というものを知りなさいよ!? 自分がどんな人間か分かって言ってるの!?」

「奥様」

興奮状態の鎌田母に、さっき玄関に向かった運転手の男性が声をかけた。玄関から戻ってきたようだ。

「なあに!? なんの用だったの!?」

「いえあの、こちらの方が」

引き続き興奮状態の鎌田母と私が同時に運転手の方を見ると、彼の後ろから姿を現したのは仲井戸さんだった。

いきなり普通に仲井戸さんが現れて、声が出ないくらい驚いた。

「…………っ!?」

口をパクパクさせている私にすぐ仲井戸さんが視線を送ってきた。その目が私の無事を案じているように見えて、すかさず何度も頷いた。これに、彼の口元が少しだけ緩んだ気がした。

その仲井戸さんは運転手の男性の前に出て部屋の中に進むと、鎌田母と私の間に立った。

「私の婚約者がこちらにお邪魔しているようだったので、迎えに来ました」

何事もなかったかのように淡々と仲井戸さんが言う。

まさか当事者の仲井戸さん本人がここに現れるとは思ってもいなかったのだろう。鎌田母は最初呆然と仲井戸さんを見つめていたが、本人を目の前にしてやっと正気に戻ったらしい。

「な……仲井戸大起さん!! まあ……よくぞこんなところまで……!! お久しぶりです、私のことは覚えていらっしゃいます!?」

多分、鎌田母は昔仲井戸さんのお父様を慕ってたこともあって、仲井戸さんの顔が好みなのだろう。

私を拉致したことなどすっかり忘れて、彼を前にキラキラ目を輝かせている姿は、まるで十代の少女のようだった。

でも、仲井戸さんにそんなことは関係ない。

「いえ、全く」

けんもほろろな仲井戸さんに、鎌田母が悲しそうな顔をする。

「それよりも私の婚約者にこんなことをして、ただで済むと思っているのですか」

突き放すような仲井戸さんの声音は、私が聞いていてもハラハラするくらい怒りを含んでいる。

こんなの面と向かって言われたくない。

でもそこは鎌田母。ちょっとやそっとでそのスタンスはブレない。

「あら……お言葉を返すようですが、あなたの婚約者はそこにいる女性ではなく、私の娘の桃子ですよ。なにか勘違いをされているのではないですか？」

にこにこしながら事実ではないことを言う。やっぱりこの人はなにかがおかしい。

普通ならハア？　なに言ってんの？　みたいな対応になるところだが、そこはやはり仲井戸さん。今のやりとりだけでこの人に何を言ってもダメだと悟ったらしい。

「そうですか、もうあなたとは話しても無駄ですね。では、別の方と話をつけてもらいましょうか」

仲井戸さんがスマホを取り出し、耳に当てた。

「お願いします」

一言だけ言ってスマホをしまう。お願いって、なにを？　と思っていると、目の前にいた仲井戸さんがくるっと振り返り、私の二の腕を両手でガシッと掴んだ。

「凌さん、待たせてしまってすまなかった。怪我は？」

今の今までとは違う、どこか切羽詰まった声だった。

「だ……大丈夫です。私はどこも怪我なんかしてません」

笑顔で返したら、いきなり仲井戸さんに抱きしめられた。それも、かなり強めに。

「よかった……！　あなたがいなくなったと聞いたときは、血の気が引きました」

「な、仲井戸さん……」

彼が私の肩口に顔を埋めてくる。ちょっと震えが混じった声音が、彼がどんなに私のことを心配してくれていたのかを物語っていた。

「迎えに来てくれただけで、私はもう充分です……」

心配かけて申し訳ない。これしか浮かんでこなかった。

彼の背中に手を回して、すりすりと擦る。しかし、この状況で鎌田母が黙ってはいなかった。

「ちょっと!! 私の目の前でなにやってるのよ!! あなた、大起さんから離れなさい!!」

ずっと手にしていた扇子をソファーに叩きつけ、鎌田母が怒りまかせに立ち上がった。

「は……離れなさいといっても、私が抱きついているのではないので……」

一応状況の説明はしたが、仲井戸さんは一向に離れる気配がないし、鎌田母は余計怒りをにじませているし、もうどうしたらいいのかわからない。

本気で困り始めたとき、またピンポーンというインターホンの音が鳴り響く。

「誰だ?」

運転手の男性が小声で呟き、玄関に向かった。そのすぐあと、「えっ!!」と驚く男性の声が聞こえてきた。

——誰が来たのかな?

気になるけれど、仲井戸さんはまだ私を抱きしめたまま。本気で離れる気配がないので、そろそろ不安になってきた。

「な……仲井戸さん、そろそろ離して……誰か来たみたいだし」

「大丈夫。あれはこちら側の者だから」

こちら側？　と疑問を持ったそのとき、玄関からパタパタと歩いてくる足音がした。

「おいっ、光子（みつこ）!!」

声は中年から年配の男性のもの。誰だろうと思って首を横にひねると、スーツを着た恰幅（かっぷく）のいい男性が立っていた。光子というのは、もしかして鎌田母のことだろうか。

そう思って今度は仲井戸さん越しに鎌田母を見る。彼女は立ったままその男性を見つめ、放心状態になっている。

「な……なんであなたがここに？　今まで一度もこの別荘に来たことなんかないのに……!!」

「私だって四十辺のご当主直々にお願いされなければ、こんなところ一生来ることなんかないと思っていたよ」

「な、仲井戸さん。こちらの方は……」

苦々しそうに鎌田母を見るこの男性は一体誰なのだろう。

「鎌田さんのご主人です」

仲井戸さんがしれっと言う。

「ええっ!?　ご主人……!?　一体どうやって……」

「上司に相談した結果、鎌田光子さんを説得できるのはこの方しかいないだろう、という結論に至ったので。上司が直接お願いしたところ、私達と同行することに快く承諾してくださったんです。鎌田さん、改めてありがとうございます」

仲井戸さんが丁寧にお礼を言うと、鎌田父がガクンと頭を垂れた。

「いえ……元はといえば私の妻が全ての元凶ですから……ずっと見て見ぬフリをしてきましたが、四十辺家と関わりの深い仲井戸さんにご迷惑をおかけしている現状は無視できません」

鎌田父が鎌田母につかつかと歩み寄る。

「光子。いい加減に桃子と仲井戸さんとの結婚は諦めなさい。桃子が自分で選んだ人と結婚するというのならそれでいいじゃないか」

優しく諭す鎌田父。しかし、対する鎌田母はというと信じられない、という顔で自分の夫を見つめている。

「あなたなにを言ってるの……？　自分の娘だからこそ親がちゃんと結婚相手を見極めないといけないんですよ!?　もし桃子があの男と結婚したら絶対に苦労する……!!　それが分かっているのにむざむざ結婚を許す親がどこにいるんです!!」

「おいおい、本気で言ってるのか!!　あのな……たとえ経済的に裕福な男性と結婚したとしても苦労がないわけじゃない。むしろその家が名家ならなにかと背負うものが多い分、一般の家庭よりも大変な事がたくさんあるんだぞ。それをわかっていながらわざわざ桃子に背負わせるつもりか」

鎌田父の言葉には、頼むからわかってくれという思いが詰まっていた。

それに対しての鎌田母は、不満たっぷりの顔で自分の夫を見つめていた。

「なによ今更……これまで家族のことに無関心だったくせに、四十辺家に言われたらホイホイ言うことを聞くのね。そんな人になにか言われたって、すぐに言うことを聞く気になんかならないわ」

ふん。と顔を背ける妻を前にして、鎌田父の顔に怒りが滲む。

「お……お前!! いい加減にしろよ」

「うるさいわね。とにかくあなた!! さっさと大起さんと別れなさい。もし桃子が改心して大起さんと結婚するって言ったら、あなたの存在が邪魔になるのよ」

鎌田母が私に向かってビシッと指を差す。

またこっちに矛先が……と呆れていたら、私より先に仲井戸さんが口を開いた。

「……うるせえな。誰がてめえの娘なんかと結婚するかよ」

今の呟きが聞こえたとき、私と鎌田母がほぼ同時に「へ？」と彼を見た。

「凌さん帰ろう。この人達とまともにやり合うだけ時間の無駄だ」

「え、あ……」

肩を抱かれ、そのまま玄関へと向かおうとする。しかしそれを易々とさせてくれる鎌田母ではなかった。

「ま……待ちなさい!!　ちょっと、大起さんを止めてちょうだい!!」

彼女に命令されてすぐ、リビングの向こうにあったキッチンの奥から背の高いスーツ姿の男性が出てきた。体も大きくがっしりとしたこの男性は、鎌田母のボディガードみたいな存在だろうか。

その男性が、私と仲井戸さんが向かっていたリビングの出口付近に立ち塞がった。

「……どいてくれませんか?」

仲井戸さんが至って冷静にお願いする。でも、相手の男性は小さく首を横に振った。

「なりません。戻ってください」

「もうこちらとしては話すことがないので」

「それでも戻ってください。戻らなければ、力尽くで戻すことになりますが」

「やってみれば」

素っ気なく言い返した仲井戸さんに、男性が苛ついたのがわかる。

「後悔しないでくださいよ」

こう言いつつ、すでに手は仲井戸さんの方へ向かっていた。が、仲井戸さんはそれを片腕で相手の腕とクロスさせるようにして阻止すると、素早く腕を掴む。そして掴んだ腕をそのまま外側にひねった。

「……っ!!」

「なにを後悔するって?」

仲井戸さんは痛みに顔を歪ませている相手にクスッと笑い、そのまま自分と同じくらいの身長がある男を腕だけで投げ飛ばしてしまった。

腕を掴んでからの一連の流れが素早すぎて、一部始終を見ていた私でさえ、なにが起きたのか理解するのに時間がかかった。

「さ、凌さん」

「あ、ああ……はい……」

気を取り直して再び玄関に向かおうとすると、今度は玄関ドアが勢いよくバン、と締まる音が聞こえてきた。また誰か来たのか？

「仲井戸さん……まだ誰か呼んだんですか？」

「……ああ、そういえばもう一人……」

彼が思い出したように口元を手で覆うのと、玄関の方からバタバタとこちらにやってくる人が見えたのは同時だった。

「な……仲井戸様!!　それと仲井戸様の婚約者さん、大変申し訳ありませんでした!!」

勢いよく謝ってくれたのは、私が写真で見たあの女性、鎌田桃子さんだ。

桃子さんは私達に謝ったあと、すぐにリビングの中にいる自分の両親へと歩を進めた。

「お母さん、一体なにやってるの……!?　こんなことして許されると思ってるの!?」

勘弁してよ、と言わんばかりに桃子さんが半泣きで、声を張り上げた。

おそらく今なら出て行っても鎌田母にはバレないだろうが、仲井戸さんに出て行く気配がない。多分、状況が気になっているのだろう。私もだけど。

「なにって、全部あなたのためじゃないの!! あなたが幸せな結婚をするために、私は……」

「だからそれは仲井戸さんじゃないんだって!! 私にはもう心に決めた人がいるのよ!!」

もはや魂の叫びと言っていい。最後の一言は絶叫に近かった。

さすがにこれは、鎌田母も驚いたようだった。

「き、決めた人って……例のあの同僚でしょう? だからダメよ!! あなたにはもっとふさわしいひ……」

「無理よ」

桃子さんが吐き捨てる。感情的だったさっきと違い、諦めにも似た言い方に、鎌田母もなにかを察知したようだった。

「む、無理って……どういうことなの?」

「私はもうあの人以外の人とは結婚しない。……だって、私のお腹にはもう、彼の……」

桃子さんが愛(いと)おしそうに自分のお腹を撫でた。その瞬間、この場にいた人達には彼女が言わんとしていることがなんなのかがはっきりとわかってしまった。

――あ、赤ちゃん……?

おめでたいことに一瞬ふわっと喜びが湧き上がってきた。しかし、それを鎌田母がなんと言うのか。そっちが気になってすぐにおめでたい気持ちは吹っ飛んでいった。

「そうか、子どもができたのか!!　よかったなあ桃子！」

「うん、ありがとうお父さん」

父親はあっさりとこの状況を受け入れたようだった。問題は母だ。

「で、お母さん……」

鎌田母はというと、薄く口を開けたまま固まっている。ショックが大きすぎたのだろうか、しばらくすると額に手を当ててそのままソファーに倒れてしまった。

「お、お母さん!?」

そのあとは桃子さんと、鎌田父、私をここに連れてきた運転手の男性などが鎌田母に駆け寄り、場は騒然とした。

どうやら目眩を起こしたらしく、運転手の男性とさっき仲井戸さんに投げ飛ばされた男性が相談の上、鎌田母のかかりつけ医に電話をしていた。

「念のため受診してくださいということなので、これから向かいます」

医師の指示に従い彼女を病院に連れて行くことになり、男性二人に付き添われ、鎌田母がこの場から退場した。

その後、とても疲れた顔をした鎌田父が私に近づいて来た。

「このたびは妻がとんでもないことをしでかしまして……本当に申し訳ありませんでした。これに関してのお詫びは、誠心誠意させていただくつもりです」

鎌田父が私に深々と謝ってくれた。この人はなにも悪くないので、謝られるとちょっとだけ胸が痛む。

「ありがとうございます。でも、私は本当に大丈夫ですから……」

「寛大な凌さんに感謝してください。さもなくば警察に突き出すところです」

仲井戸さんの怒りはまだ収まっていないらしく、顔が険しい。

それはさておき、私は鎌田父の横で小さくなっている桃子さんに体を向けた。

まさか妊娠した身重の体でここまで来てくれるとは思わなかった。呼んだのは、どうやら石内さんらしいのだが。

「いやだって、澄人様があらゆる手を使っていいって言ったから。でも、もちろん再三にわたって本人に本当にいいのか確認はしたんですよ。体調のことは今知ったんですけど」

石内さんも彼女が妊娠しているとは知らず、今知ったのだそうだ。

オロオロしている石内さんに、桃子さんが申し訳なさそうな顔をする。

「私は大丈夫です。もう安定期にも入りましたし……それに、今回の件がなくとも母には近々ちゃんと言うつもりだったんです。そうでないと、望み通り彼と結婚したとしてもわだかまりが残りますから」

お腹を擦りながら微笑む桃子さんを見ていると、母は強いなと思ってしまった。

「桃子さん。お体大切になさってくださいね」

「はい……!!　このたびは本当に申し訳ありませんでした。久徳様も、仲井戸様とどうかお幸せに」

「あ、あはっ……ありがとうございます」

私達はまだ正式に婚約も結婚もしていないんだけどな。

そんなことを考えながら、玄関に向かう。社務所から急いで境内に向かうときなどに履く、いわゆるつっかけサンダルを履いて外に出ようとすると、いきなり体がふわりと浮いたので、「きゃあああっ!!」と叫んでしまった。

なんだと思ったら、仲井戸さんが私を抱き上げたからだった。

「びっくりしました？　すみません」

私を抱き上げて平然としながら、彼が玄関ドアを開けて外に出る。私はそんな彼の首に腕を回し、がっちりしがみついた。

「びっくりしますよ!!　なんで急に抱き上げたんですか、私、歩けますよ？」

「いや、装束が汚れるといけないかなと……足下が結構湿ってましたし」

「それ言ったら仲井戸さんだって革靴じゃないですか」

「いいんですよ。こんなの洗えば落ちますから」

いやそれはお互い様では……とかなんとか言い合っているうちに、抱き上げられたまま車に到着してしまった。運転席にはすでに石内さんが座っていて、私達を見て苦笑いしていた。

「いいなあ、仲良しで……。俺、最近こういう立ち位置多いな……なんでだろう?」

石内さんに少々申し訳ない気持ちになりながら、後部座席に乗り込んだ。


私達が実家である神社に到着したのは、午後三時頃だった。

さすがにちょっと買い物……で済ますには厳しいほど留守にしてしまったので、景とも相談した結果、実際に起きたことを正直に父に話すことにした。

夕方五時を回ってから、出先から戻ってきた父と弟の景を含めた私。それと一度職場に戻り澄人さんと一緒に再び我が家にやってきた仲井戸さんと石内さん。

この六人が我が家の和室に集まった。

父が上座に、私と景が並んで座っているその向かいに、四十辺家の当主と秘書二人が並んで座っている。

――なんか、これだけでもすでに大事になっているような気がする……

とはいえ、できる限り父や景に心配をかけたくなかった。だから今日の出来事のうち、父が怒りそうな部分、身の程をわきまえろとか、そういうことを言われた、という部分ははしょったうえで、大まかな状況を説明した。

「……と、いうわけなの……」

話を聞いて父が腕を組んで大きくため息をついた。眉間に刻まれた皺の深さからいって、私の説明だけでは納得できていないようだ。ちなみに景は、私が話をしている最中ずっと信じられない、という顔をしていた。

「その……なんだ。鎌田さんという方とのあれこれは一旦置いておいて、凌。お前、いつから仲井戸さんとお付き合いしてたんだ」

「え」

父が一番気になったのはそこだったらしい。

思わず仲井戸さんに視線を送ろうとしたら、すでに彼が父に体を向け、頭を下げているところだった。

「宮司様。ご挨拶が遅くなり大変申し訳ありませんでした。凌さんとは、つい先日よりお付き合いを始めたばかりでして、凌さんの予定と自分の予定をすりあわせた上でご挨拶にお伺いするつもりでおりました」

「あー、いい、いいんですよ。挨拶なんかいつだっていいんです。といいますか……ずっと恋人がいなかった凌が、いつの間に仲井戸さんみたいな方とお付き合いするまでになったのかが気になってしまって。いやあ……驚いた」

超がつくほど丁寧な仲井戸さんに父の方が恐縮しながら、チラチラと私に視線を送ってくる。

「ちょっと……お父さん？　今はそんなことを気にしてる場合じゃないと思うけど」

「親なんだから仕方ないだろう」

「宮司様」

仲井戸さんが改まった様子で父に話しかけた。

「私としては、結婚を前提としたお付き合いをしているつもりです」

えっ。

急に結婚などと口にした仲井戸さんに驚き、私の思考が置いてきぼりを食らう。

その間に澄人さんは「仲井戸がついに……!!」とニヤニヤしているし、石内さんも仲井戸さんと父を笑顔で見守っている。

景はというと、私と同じで口を薄く開けたまま固まっている。

「……なっ……仲井戸さん……!?」

やっとのことで声を絞り出す。でも、彼は私をちらっと確認しただけで、再び父と向き合った。

「今すぐではありませんが、近い未来、娘さんと結婚したいと考えております。ですので、宮司様にそのお許しをいただきたいのですが、いかがでしょうか」

仲井戸さんの表情は真剣そのもの。そんな彼を前にして、父も最初は驚いていたがすぐに真顔になった。

「仲井戸さん、あなたのご実家はそこにいる四十辺さんとも縁の深い家だと聞きました。そんなご家庭に凌が入って苦労することはありませんか？　私が一番気がかりなのはそこです」

「ございません。……とはっきり申し上げられればいいのですが、仲井戸一族内でのトラブルが全くないとは断言できません。生きていれば、多少なりとも想定外のことは起こりうるので」

ここでありません、と言わないところがなんとも彼らしい、と思ってしまった。

「そうなったら、あなたはどうしますか」

「まず第一に、凌さんを守ります」

きっぱりとこう言い切った仲井戸さんに、胸が熱くなった。

最初見たときは顔がイケメンだ、とかそんなことばかりが印象に残ったけれど、この人は顔がいいだけじゃない。心もイケメンだ。

好きな人に守ります、なんて言われたら心が動かないわけがない。

目がうるうるしてきた私を見て、父が全てを悟ったらしい。

「そうですか……まあ、生きてりゃ苦労なんかいくらでもしますからね……大事なのはそれをどう乗り越えていくか、ですよ。で、凌は？　仲井戸さんが相手でいいんだな？」

父に問われて、すぐに頷いた。

「はい。私も、人生の伴侶は仲井戸さんしかいないと思っています。結婚したい……です」

途中、こちらを見ている彼と視線を合わせながら、しっかり自分の気持ちを伝えた。

父は私達を交互に見て、一度だけ頷いた。

「そうか。それなら、私が反対する理由はない。結婚に関しては二人でよく話し合って決めなさい」

「ありがとうございます」

「お父さん、ありがとう」

　二人でお礼を言うと、さすがの父も照れたように表情を緩ませた。

「礼なんかいいから。それよりも、その鎌田さんの奥さん。倒れちゃったってことは、結局娘さんの結婚に関しては納得していないんだろう？　またなにか言ってくるんじゃないのか」

「それですが」

　気を取り直して父が元の話に戻すと、これまで黙っていた澄人さんが身を乗り出す。

「鎌田さんのご主人と先程電話で話をしました。奥さんの光子さん、病院での検査結果は異常なしだったらしいのですが、娘さんの妊娠があまりにもショックだったようで今は放心状態だそうです。あの状態で再び話し合いをするのは難しいと言われました」

「そうですか……結論が出ないままなのは困りますね」

　父が腕を組み、難しい顔をする。

「でも、光子さんのことは今後ご主人がしっかり話し合って説得してくださるそうです。仲井戸にはもちろん、こちらの神社にも迷惑はかけないと約束してくださいました。ですので、安心していいと思います。鎌田さんだって四十辺と関係が悪くなるのは望んでいないようですし」

　澄人さんの話を真剣に聞いていた景が、わかりやすく肩の力を抜いた。

「そっか――……よかった……姉がいなくなったとき、神隠しじゃないかとかいろいろ考えちゃって、そしたらだんだん怖くなってきたんですよ。奉仕中も全然身が入らないし、正直どうしようかと……」

「景はわりとシスコンなところがあるからな」

さりげなく父が暴露すると、景が「バラさないでよ」と口を膨らませる。

「ふふっ……そうねえ、確かにうちは母が仕事でいないぶん、景の面倒は私が見ることが多かったからね」

「そうか……じゃあ、今ちゃんと言っておいたほうがいいかな」

「え？」

仲井戸さんが「景さん」と改まって弟の名を呼んだ。その瞬間、だらりとしていた景がびしゃっと背筋を伸ばした。

「多分そう遠くない未来、お姉さんをもらいにきますけど、いいですか」

景が反応するよりも先に私がぶっ!!　と噴き出した。

「ちょっ……な、仲井戸さん……」

私は困惑してしまったが、言われた景はわりと冷静だったのが悔しい。

「いやあの、さっきのやりとりでそれはもう理解したんでいいですけど、でも、姉ちゃん結婚したら巫女の仕事はどうすんの？」

「えっ？」

「俺としては姉ちゃんにいなくなられるとちょっと……いや、結構困るんだけど」

巫女の仕事に関することを問われると、恋愛云々はさておき、途端に意識はそっちに行く。確かに、現実問題として結婚後のことは考えておいたほうがいい。

今の仕事は好きだし、本音を言えばやめたくない。

結婚したら環境も変わるだろうし、今のままではいられない、というのは分かっている。でも、できることなら大好きな今の仕事を続けていきたい。

「え、ああ……それなんだけど、舞はもう親戚の若い子に任せて、私は引退しようと思ってるの」

「い、引退……!?」

どうやら引退という単語のインパクトが大きすぎたせいで、景が衝撃を受けてしまったようだ。

私がそれは違うと即座に否定した。

「いやあの、そうじゃなくて、舞を引退したいってこと。札所とか御朱印書きとか、祈祷のサポートとか、それ以外のことは結婚したとしてもずっとさせてもらいたいなって思ってるんだ。もちろん仲井戸さんやお父さんがいいと言ってくれたらなんだけど。い、いいかな……」

ちらっと宮司である父と、将来伴侶となる仲井戸さんを窺う。

「私は問題ないです。凌さんにはこれからも好きなことをやってもらいたいので」

先に仲井戸さんがあっさり承諾してくれたので、残るは父だ。

これまでこういったことを父に話したことがなかったので、どんな反応をするかが気になった。

しかし、意外にも、父はすぐにうん、と承諾してくれた。

「もちろん、凌がこのまま残ってくれるのは助かるよ。私も年齢が年齢だし、景のサポート役としても凌がベストだからな」

二人から承諾してもらえて、私の気持ちもスッキリした。

「よかった。景、というわけだけど……」

父から景に視線を移すと、ホッとした様子で胸をなで下ろしている姿があった。

「あー……そっか。それならいいや。じゃあ仲井戸さん、姉をよろしくお願いします」

「かしこまりました」

丁寧に頭を下げている仲井戸さんと、それを見て頷く景を前に、まだ嫁に行く日が具体的に決まったわけでもないのに、なんだかすでに明日嫁ぐ花嫁の気分だ。

「なんせ、凌が結婚するっていって一番ショックを受けるのは景だと思ってたからな」

「では、その日が来たらまた改めてご挨拶に伺いますので」

仲井戸さんと父と景の三人で会釈しあう。そんな三人を見て、澄人さんは楽しそうに笑っているし、石内さんはたった一人真顔でうちがお茶菓子に出した豆大福を食べてるし。

でも、とりあえず和やかな感じで話が終わったのだけはよしとしよう。

この日の夜、帰宅したあとに仲井戸さんから電話がかかってきた。

さっきは澄人さんの予定もあって慌ただしく帰ってしまったので、仲井戸さんと二人で話ができないままだった。それがどうも消化不良だったので、電話が来たことが素直に嬉しかった。

電話を受けると、真っ先に今日は怖い思いをさせて申し訳ないと、また謝られてしまった。

「その件に関してはもういいですって。仲井戸さんが悪いわけじゃないんですから」

私が笑うと、スマホの向こうからため息が聞こえてきた。

『いえ……元はといえば私が鎌田さんの件をここまで放置していたのが原因なので……本当に凌さんが無事でよかった。久しぶりに肝が冷えました……』

「ふふっ。仲井戸さん、また敬語に戻っちゃってますよ」

『あなたに申し訳ないことをしたんだから、そこは仕方ないと思ってください。それと、今夜お父様と弟さんに言ったことなんですけど』

「え」

それは、結婚したいとかもらいに来るとかっていう、あれですか……？

言われたときの状況が色鮮やかに蘇（よみがえ）ってきて、心臓がドクドク音を立て始めた。

『話の流れ上……あそこまで言ってしまったのなら、ついでに言っておいたほうがいいかと思って考えていることを全て言ってしまったんです。もし気分を悪くされてたらその件についても謝りたいと思って』

「……気分は悪くないんですよ。むしろ嬉しかったし……でも、あれってプロポーズみたいなものじゃないですか。それならば先に私に直接言っておいてくれればいいのに、と思いました」

『……』

なぜかスマホの向こうが無音になる。なんで？

「あの……仲井戸さん？」

『私、言ってませんでしたっけ？』

「はい」

『……おかしいな、ベッドで散々それらしきことを言ったつもりなのですが……』

「べっ!!」

——べ、ベッドでって……!!　言われたかもしれないけど、あの状況で、そんなことちゃんと覚えてなんかないっ……

「あのですね……ああいう場面で言われても、私もいっぱいいっぱいなので、あんまり記憶に残ってないものなんです……」

多分、今の私は顔が真っ赤だと思う。電話でよかった。

『そういうものなのか……わかりました。じゃあ、今度改めてちゃんと言いますね』

あっさり納得した仲井戸さんに肩透かしを食らいつつ、ホッとした。

でも、また改めて言ってくれると聞いて、途端に喜びがこみ上げて来た。

「は、はい……お待ちしております……」

『で、凌さん。次の休みはいつです？』

突然休みの話になった。プロポーズでフワフワしかけたのに、急に現実に引き戻されてしまった感がすごい。

「次は……たしか、今度の水曜だったかな」

『では、私もその日に休みを取ります。なので、前日の夜から会えます？』

「あ……はい！」

お誘いだった。

『場所は私の部屋でいいですか』

「い……いいですよ」

それは私も願ったりなので、迷うことはなかった。

最初からお泊まりだと決まっていれば、それなりの用意もしていける。むしろありがたい。

『当日、仕事を終えたら神社へ迎えに行くので。家で待ってて』

「はい……待ってます」

『じゃ、今夜は疲れただろうからゆっくり休んで』

おやすみ、とお互いに言い合って通話を終えた。

仲井戸さんの【ゆっくり休んで】がすごく優しかった。それを聞けただけでも、なんだか充分いい夢が見られそうな気がしてしまう、やっぱり単純な私なのだった。

第七章

仲井戸さんと会うその日を楽しみに指折り数えていた私だが、その前にとある出来事があった。

私の実家に鎌田さん父娘が謝罪にきたのである。

「このたびは、本当に怖い思いをさせてしまい申し訳ありませんでした」

実家の和室にて、父と私、そして鎌田父と桃子さんがテーブルを挟んで向かい合う。

鎌田さんは桃子さん共々、座布団に座ることもなく真っ先に頭を下げてきた。

とはいえ、肝心要の鎌田母がいないので、こちらとしても対応に困るところがあるのだが。

「頭を上げてください。娘は驚きはしたものの、危ない目には遭っていないと言っておりますし
……むしろお二方には奥様を止めてくださって感謝しているくらいなのですよ」

まあまあ、と父が二人をなだめるが、二人の表情は変わらない。

その鎌田父娘の側には、私を別荘まで連れて行った運転手の男性も控えていた。彼は鎌田父の秘書をしていて、あの日は私を別荘に連れて行くのに手が足りないと考えた鎌田母が、急遽彼を呼び寄せたのだという。

鎌田父娘が沈痛な面持ちで視線を落とす中、今度はその秘書の男性が頭を下げてきた。

「私が奥様を止めていれば、このようなことにはなっていなかったと思います。いくら命令とはいえ、受け入れるべきではなかったと反省しております。あのときは本当に怖い思いをさせて申し訳ありませんでした」

秘書の男性は深々と頭を下げて謝ってくれた。どうやらマズいことをしているという認識はあったのだが、逆らうとぶち切れた鎌田母がなにをしでかすかわからなかったから、仕方なく従った……ということらしい。

「お恥ずかしい話、妻は少々ヒステリックなところがありまして……いや、でもそんな風になってしまったのは私にも責任があるのですが……」

「それで、その奥様は今……？」

あれ以来療養中だという情報は入っているが、その後が気になっていた父が、聞きにくそうに尋ねると、桃子さんが現状を教えてくれた。

「今は自宅におります。母ですが、私が妊娠したことがよほどショックだったのか、どうも倒れて以来あの日の記憶がまるっと抜けてしまっているみたいなんです。なので、久徳様を別荘に連れて行ったこともなにもかも覚えていないという状態でして……」

「なんと……それは……」

父が驚いているが、私も同じだ。普通なら娘が妊娠すれば喜びそうなものなのに、それがショックで一時的に記憶が欠落するなんて、桃子さんもショックだろうと気の毒になる。

「あ、でもですね、そのせいなのかわからないのですが、私が母に改めて恋人を紹介したら、普通に喜んでくれたんですよ」

「えっ。そうなんですか⁉」

「はい。もしかしたら、今回のことで仲井戸さんに関する一連の出来事も母の中からすっぽり抜け落ちてしまったのかもしれないです。だとしたら、私としては願ったりといいますか……できれば、このまま記憶が戻らずにいてくれたらいいなと密かに願っているところなんです。父の前でこんなことを言うのもどうかと思うんですけど」

桃子さんがちらりと隣のお父様を窺うが、お父様も同感のようで、顔には苦笑が浮かんでいる。

「本来ならば本人に自分のやったことを反省させるべきなのですが、私も、その方が娘にとっても本人にとってもいいかなと……本人を謝りに来させられないのは、久徳様には大変申し訳ないのですが……」

「い、いやいや、私はもういいですよ。それよりも、仲井戸さんです。もう仲井戸さんを煩わせてほしくないんです。私が願うのは……それだけです」

「もちろんです。今後は、こういったことがないよう家族で母のことを監視します」

この言葉を信じて、私も父も、鎌田さんにこれ以上の要求はしなかった。

そして父が、帰り際に桃子さんにうちの神社の安産守を渡していた。

「わあ……ありがとうございます‼」

御守り(おまも)を胸に当て、心底喜んでくれている様子の桃子さんを見てこちらまで嬉しくなった。それと父のさりげない優しさにも。

――お父さん、やるな。

「……と、いうことがありましたよ」

この出来事を数日後の夜、仲井戸さんが迎えにきてくれたときに車の中で話すと、あからさまに安堵する彼のため息が聞こえてきた。

「……それはなにより。本当に、もうあの写真を見なくて済むだけでどれだけ心の安寧を得られるか」

「よかったです。私も連れ去られた甲斐があるというものです」

「いや、ないです。あれこそ生きた心地がしない。二度とご免だね」

「私だってまた連れ去られるのは遠慮したいです」

クスクス笑い合っていると、「凌さん」と急に落ち着いた声音が聞こえてきた。

「はい？」

「私の妻になってくれませんか」

ハッとなって、無言で運転席にいる仲井戸さんを見つめる。彼は、ちらっと私に視線を送ると、若干その口元を緩めた。

隙のない整った横顔とさっきの台詞に、胸が熱くなった。

こんな格好いい人に妻になってくれ、なんて言われる日が自分にやってこようとは。

まだ夢を見ているような、どこかフワフワとした気持ちのまま、私は運転席で小さく頷いた。

「……なります」

照れ隠しで仲井戸さんから目を逸らした。

外はもう真っ暗で、行き交う車のライトや、飲食店、商業施設の明かりが流れていくのを追っていると、膝の上にのせていた私の手の上に、そっと彼の手が乗った。

「凌さん、俺のこと好きですか」

「……どうしたんです、急に」

「一応プロポーズしたんで、確認のために」

確認って、とつい笑ってしまった。

「確認なんかしなくてもわかってるくせに。私、仲井戸さんのこと大好きですよ。あ、大起さんって呼んだ方がいいのかな？」

「やっと名前で呼んだ。もしかしたら凌さんは俺の名前知らないんじゃないかと思ってたから」

「ちゃんと知ってますよ。大起さんって、素敵な名前ですね」

最初に名前を聞いたときから、いいな、素敵だなとは思っていた。

褒めたのに、なぜか彼の手が私の上から離れた。その手でこめかみをぽりぽり掻きながら、照れたような顔をする。

「今褒めるのずるくない……？」

「え、そうですか？」

「せめて部屋についてからにして。そうすれば凌さんに思いっきり触れるから」

そんなこと言われて照れない女がいるだろうか。

「さ……触るってなんか生々しいからやめて……」

「でもあとで触るよ」

——もう好きにして……

諦めつつ、顔が熱くなってきたのをどうにか到着までに抑えたい私は、彼にバレバレでもいいから手で顔を仰ぐのに必死だった。

部屋に到着してすぐ、持ってきたものをバッグから出した。

持ってきたものは泊まりに必要なものだけでなく、ほぼなんにもない仲井戸さんちのキッチンで私が使いたいものもある。

「……こんなに持ってきたの？」

大きな紙袋から取り出しているのは、キッチン雑貨から家で余っていた調味料まで。なんせ、この部屋は料理をした痕跡がほぼないのだ。道具は一から揃える必要がある。

「だって、ここのキッチンなんにもないんだもの。大起さんになにかを食べさせてあげたくても
それができないっていうのは結構キツくて」
でもまだ肝心の食材がないんだった、と冷蔵庫も覗く。案の定、水やビール以外のものはなに
もない。
「言っておいてくれれば食材は買っておくけど」
冷蔵庫の中を覗き込んでいたら、いつのまにか大起さんが隣に来ていた。
「んー、というか……できたら大起さんの好みとか聞きながら買い物したいから、一緒に行って
くれると嬉しいんだけど」
「もちろん、いいよ」
話はまとまった。そんな私達が次にすることと言ったら……。
「なんでお風呂なの……？」
私は自宅で夕飯を軽く食べてしまったし、仲井戸さんもお昼を食べたのが夕方だったこともあ
って、あまりお腹が空いていない。
となると、二人とも自分の欲望に正直になった結果、ベッドに行くことに。
でもその前にお風呂をと申し出たら、なぜか一緒に入ろうという流れになったのである。
大きなバスタブに半分くらいのお湯をはって、その中で身を縮める私と、その後ろに大起さん
が長い足を投げ出してお湯に浸かっている。

上から見ると、彼の長い足に私が挟まれている状況だ。

「ねえ、なんでそんなに小さくなってるの」

「だ、だって……こう見えて男性とお風呂に入るのが初めてなので……」

「そうなの？　でも、そうやって恥じらってると余計に俺の欲情をそそるって知ってる？」

「えっ……知らない」

反射的に後ろを向いたら、そのまま顔を彼の両手に挟まれてしまう。

「やっとこっち見た」

話しながら、彼が徐々に私との距離を詰めていく。気がついたらぴったりと体が密着していて、背後から抱きしめられた。

「凌」

声が反響するバスルームで名前を呼ばれるのは、なんだか変な感じがする。

「だ……大起さん……？」

「凌の肌は、白いな」

私を抱きしめる手が、二の腕をさわさわと撫でていくのがくすぐったい。その手が腕を滑り降りて、それぞれ胸の膨らみの上で止まる。

「あっ……」

「こっちは柔らかい」

「む……胸なんだから当たり前でしょ……」

彼は大きな手のひらで乳房を掴むと、グニャグニャと手の中で形が変わるくらい、若干強めに揉んできた。

時々、意図的なのかはわからないが、長い指が中心を掠めピリッとした甘い痺れが私を襲う。

それが、情事の始まりだという合図のようだった。

「っ、あ……」

「……凌、可愛い声が出たね。もっと聞きたい」

声が聞きたいからなのか、彼の指が今度は明確な意思を持って先端を刺激してくる。摘まんで引っ張ったり、指の腹で転がしてみたり。

「……あ、あっ……!! や、だあ、そこ……っ」

「いやなの？　でも、だんだん固くなってきてるけど」

いつの間にか彼の唇が私の耳を食んでいて、すぐそこで声が聞こえてきた。吐息混じりの、いつもより甘い声に下腹部がじわじわと熱を帯びるのがわかる。

胸の先端の膨らみが、固く勃ちあがっている。そこへ大起さんの長い指が休みなく刺激を与えてくるのを、息を乱しながらじっと見つめていた。

――指……爪の形が綺麗……

この人は顔だけでなく爪まで綺麗なのか……なんて、今はどうでもいいようなことをぼんやり考える。というか、ちょうどいい湯加減なのと、愛撫が気持ちよすぎてだんだん頭がぼーっとしてきたからだ。

「きもち……いい……大起さん、もっと触って……」

こんなこと言うつもりなかったのに、言わずにいられなかった。でも、ふとしたとき私の腰の辺りに固いものが当たっていて、彼も欲情しているのだと気付いて余計に興奮してしまった。

──大起さんも……気持ちよくなりたいよね……？

つい、空いている手を彼の股間へと伸ばす。固くなっているものに触れた瞬間、ビクッと彼が揺れたのがわかった。

「凌」

「……、だって、固くなってるから……」

困っているような彼の声が聞こえたけれど、気にしない。そのままそれを手で軽く握り、上下に扱いた。

「凌、いいから」

「よ、くないっ……、あ……」

いいからと言いつつ、彼だって私への愛撫をやめていない。それどころかさっきよりも指の動きが激しくなってきていて、今すぐにでも達してしまいそうだった。

「……っ、待って」

大起さんが胸への愛撫を中断して、私の体を反転させた。それと同時に彼への愛撫はストップしてしまったのだが、彼がぐっと私を引きよせキスをしてきた。

「ん、あっ……、ふ……」

すぐに舌が差し込まれたキスは、濃厚で、頭の中が蕩けそうになった。唾液が溢れそうになるのも構わず、私達は角度を変えて何度もキスを繰り返した。

――もう、全部蕩けそう……

大起さんと一緒にドロドロに溶け合って、一つになりたい。

自分でも何を考えているのかよく分からなくなってきたが、要するにこの人のことが好きすぎて、気持ちが止められないのだと実感する。

「大起さん、して……」

普段の自分なら絶対にこんなこと言わない。でも、今日は自分の欲望に抗えない。

「……おねだり？」

多分、彼も意外だと思ったに違いない。声音に驚きが含まれている。

「いや……？」

「まさか。大歓迎だ」

彼が私の脇の下から腕を入れ、体を持ち上げた。私を立たせてバスルームの壁に手をつけさせると、背後から蜜口に指を差し込んだ。

「ふ、あっ……!!」

「凌……なんか、すごいことになってるけど」

自分でもそんなことはわかっている。でも、差し込まれて始めて、想像以上に彼に焦がれていたことに気付いた。

指が前後に動くたび、蜜がジュブジュブとあられもない音を立てる。

「あっ、あっ……!!」

彼の長い指が、的確に私の気持ちいい場所を探し当て、そこを重点的に攻めてくる。

乱れて恥ずかしい。

恥ずかしいけれど、気持ちがいい。

壁に突いた両手でなんとか体を支えているけれど、だんだんそれが辛くなってきた。

「……凌、ちょっとだけごめん」

「えっ……?」

なんだろう、と肩越しに大起さんを振り返る。視線を少し下に下げると、彼が固くなった屹立を掴んでいるところだった。

「挿れるのはベッドに行くまで我慢するから、擦るだけ」

言葉通り、彼はその屹立を私の股間の辺りにあてがい、そのまま脚を閉じさせた。

「ひあっ……!!」

彼が前後に体を揺するたびに、屹立が私の気持ちいい部分を掠めていく。

——これ、やば……‼

挿れてないのに、これだけで達してしまいそうなほど気持ちがいい。

「……っ、は……」

すぐ後ろで聞こえてくる彼の艶っぽい声が、快感の高まりを余計に後押しする。

「やあっ……だめ、い、いっちゃううう……‼」

私の叫びに反応することもなく、変わらず熱い吐息が耳にかかる。

もうだめ、我慢できない。

「あっ……あ、あああぁっ……‼」

体を震わせながら絶頂に達した。

同時に後ろから、うっ、という呻き声も聞こえてきて、反射的に振り返ると、彼が屹立を私の脚から抜き、そのままバスタブの外へ精を吐き出していた。

明るいところでこういう光景を見るのは初めてで、ほんの少しだけこの状況に興奮してしまった。

「……我慢できなくて風呂で、とか……俺らはいくつだよ」

呆れたような、可笑しいような。大起さんが笑いを堪えきれない様子で、バスタブから出てシャワーを浴び始めた。

「……ほ、本当にね……」

全くそのとおりで、他に何も言えなかった。


バスルームを出た私達は、バスタオルだけ体に巻き、まっすぐに寝室へ向かった。

一度お互いに達したとはいえ、まだ全然欲求は満たされていないから。

私がベッドに乗るとすぐに大起さんが覆い被さってきて、バスタオルを剥ぎ取られた。

「ん……」

お互いに舌を出して絡め合う。そのまま深く、飲み込んでしまいそうなキスを何度か繰り返したあと、避妊具をつけたそれを彼が私の中へ埋めていく。

「あっ……!!」

彼が奥まで達すると、それだけで体がきゅうきゅうと彼を締め上げた。

大起さんは「痛いくらい締まってる」なんて言いながら笑っていたけれど、自分でも体がこんな反応をするなんて思わなかった。

彼を自分の中に受け入れることができて嬉しい、ただそれだけ。

「はっ、あ……!!　あ、んっ……!!」

腰を掴み、ガツガツと奥を突かれると頭が真っ白になる。

のけぞりながらただ、彼から与えられる快感に身を任せていると、一旦彼が私の中から屹立を抜いた。

「……凌、後ろ向いて」

言われるままにベッドにうつ伏せになった。少しだけ腰を浮かせ彼を再び受け入れると、抽送が激しさを増した。

「んっあ、あっ……あっ……!!」

後ろからの激しい突き上げは、正常位とは別の場所が刺激されて、また違った快感が私の中に生まれてくる。

——きっ……気持ち、いいっ……!!

気持ちよすぎて声すら出ない。しばし黙り込んだ私を気遣ってか、抽送がゆっくりになった。

「凌、大丈夫?　痛いか」

不安そうな彼の声に、枕に顔をつけながらふるふると顔を横に振った。

「大丈夫、だから、やめないで……!!」

「わかった」

短くこう言って、彼が再び元のペースで動き出した。

激しいけれど、どこか優しい。そんな彼から与えられる快感と興奮に、私は夢中になって応え続けた。

彼はベッドの最中も、終わったあとも私に優しい。

情事が終わると、私は大体そのまま疲れ切って気を失うように眠ってしまうのだが、目が覚めるといつも彼が腕枕をしてくれている。

最初だけかと思っていたが、毎回同じようにしてくれるので、どうやら彼にとってはこれが基本のようだった。

「大起さんって、ほんと……見た目と中身のギャップがすごいね」

彼の腕の中に収まりながら、正直な印象を伝えたら、彼があからさまに怪訝な顔をした。

「ギャップ……？　自分じゃそんな風に思ってないけど、具体的にどこら辺……？」

「だって、普段あんまり笑わないし。喋ることも必要最低限って感じだけど、仲良くなると笑ってくれるし、優しいし。それと、こういうときも結構甘めだし……」

「甘いって……こういうこと？」

大起さんが私の額に顔を近づけ、チュッとキスをしてくれた。

今現在裸で抱き合っている、この状況だけでも充分恥ずかしいこと。でも、それに輪をかけて恥ずかしくなって、顔が熱くなってきた。

「あ、甘過ぎだよ……」

「好きなんだから仕方ないと思うけど」

彼としては、それのどこが変？　とでも言いたげだ。

「そ、それもあるけど。でも、よくよく考えてみたら、大起さんってわりと最初から私に優しかったよね？　助けてくれたし……」

「好きだったからね。俺は、好きな人にしか優しくしない。というか、好きじゃないと優しくできない。だから女性にモテなかったんだと思うけど」

なんかわかる。でも、そんな仲井戸さんだからこそ、私も惹かれた。

「はー……マズいな。こんなに凌のことが好きになると、離れがたくて……」

「えっ……ありがとうございます……」

「結婚もすぐじゃないとか言ったけど、正直言うと今すぐにでも結婚したっていいんだよ、俺は。でないと凌が誰かに取られそうで気が気じゃない」

ぎゅううっと体を抱きしめてくる大起さんに、ちょっとだけ申し訳なくなる。だって、そんなことあり得ないから。

「いやあの、そんなこと言ってくれるの大起さんだけだから……でなかったらとっくに結婚してるんで」

「他の男は見る目がないのか。……いや、違うな。多分、神様に守られてたんじゃないか。変な虫がつかないように」

「そうかな？」

「そうさ」

自分で言って納得している大起さんを前にすると、なんだか本当にそうなのかもという気がしてきた。

——そうだとすると、実はうちの神様って結構すごいのかも……？　となると、これまで以上にご奉仕しなくては。

それとも、神様がずっとご奉仕してきた私にご褒美をくれたのかな、なんて思ったりもした。

あれからマンション建設が本決まりとなり、建設地となる老朽化したビルなどの取り壊しが始まった。

夕方、夕飯の買い物をしに商店街にやってきた私は、何気なく白いシートに覆われた工事現場前で立ち止まる。

——ついに始まったかあ……

夕方は静かだけれど、昼間は大きな音を立てて工事が着々と進められている。

白いシートで覆われたその向こうから、ガラガラと音を立てて建物が壊されていくのは、わかっていたことではあるけれど若干どこかもの悲しい。

しかもこの壊されている建物の中には、大起さんのお父様が持っていた物件も含まれているのだ。

よくよく話を聞くと、彼のお父様が持っていたのは四階建てのビル丸々一棟だという。

買ったのはだいぶ昔、商店街に一番近い駅ができた頃で、当時は全てのフロアにテナントが入ってかなり賑やかだったそうだ。

それが時代の移り変わりとともにテナントが一つ去り、二つ去り。建物が老朽化したせいもあり、最近ではあまりテナントも定着せず、出たり入ったりを繰り返していたという。

『建て替えるという案もあったんだけど、今後管理するのが俺になるのなら、ちょっと数を減らしてもらいたいというのが正直なところだったんだ。そんなときにタイミングよくマンション建設の話が出て、全て売却することに決めた、というわけ』

ちなみに大起さんが住んでいるマンションも、元はお父様が投資目的で建てたものだそう。

富裕層をターゲットにした物件なので、大起さんが住むには豪華すぎるという難点があったらしいのだが、家賃はかからず光熱費と管理費、修繕費だけという条件と、四十辺家へのアクセスの良さ、それと洗濯物をクリーニングに出してくれるコンシェルジュサービスが便利なので住むことを決めたらしい。

それを聞いて、なぜ大起さんがあんな広くて立派な部屋に一人で住んでいるのかがようやくわかった。

買い物を終えて帰宅すると、父に三人分のお茶を持って客間に来い、と言われた。

何事かしら？　と思いながら言われたとおり緑茶を入れた湯飲みをトレイに乗せ客間に行くと、なぜか父と石内さんと、大起さんまでいた。

大起さんは私と目を合わせると、ちょっと気まずそうに笑った。

「あれ？　大起さん？　今日来るなんて言ってなかったのに」

「急遽、来ることが決まって。連絡する暇もなかったんだ」

「で、一体なんの集まり……？」

ちらっとテーブルの上を見ると、なにやら写真と釣書のようなものが石内さんの目の前に置かれている。これって、もしや……？

石内さんを見ると、そうです!!　と言わんばかりに満面の笑みになった。

「凌さん!!　なんと、宮司様経由で私にお見合いの話が来たんですよ!!　びっくりでしょう!?」

「えっ……お、お見合いですか！」

驚いて今度は父を見る。

「そうなの？」

「うん、実は澄人さんの結婚式のときにたまたま神社の前を通りかかった氏子さんが、石内さんや仲井戸さんを見かけたらしくって。その氏子さんの周辺であの素敵な男性達は誰だ、ってちょっとした話題になったみたいなんだよ」

石内さんはまだしも、大起さんの名前まで出てきてギョッとしてしまった。

「話題って、ちょっと待って。まさか大起さんにも話が来たんじゃ……」

私が眉根を寄せて父に迫ると、そうではない、と父が慌てた。

「いやいや、仲井戸さんに関してはもう相手がいるからと早々に断りを入れてあるから大丈夫なんだけど、じゃなくて、石内さんにお見合いの話がいくつか来てしまって。どうしようかと思ったが、せっかくいただいたお話だし、澄人さん経由で夕方連絡したんだよ。そうしたら……」

父からの視線を受け取った石内さんが「ありがとうございます!! すぐ来ました」と微笑んだ。

「す、すぐですか。早いですね」

夕方連絡してその日のうちに来るってすごくない、と顔が笑ってしまう。

「だって!! 私宛てにお見合い話なんて初めてだから、いてもたってもいられなくって。あ、仲井戸は凌さんに会いたいかなと思って、強引に連れてきただけだから」

「……」

大起さんが無言で目を伏せている。多分本当のことなんだろうけど、強引に連れてこられちゃう大起さんがなんだか可愛く見えた。

「じゃあ……石内さんが写真を見てる間、大起さんはうちで夕飯食べて行く? 今からパパッと作るんで」

立ち上がりながら尋ねたら、大起さんの顔にたちまち笑みが浮かんだ。たった今まで無だった顔が嘘のようだ。

「ぜひ」

「あーあ。なんかもう新婚さんみたいな雰囲気醸し出してるし……私も早くいい人見つけて結婚しよっと」

私と大起さんの二人を交互に見ながら、石内さんがぼやく。そんな石内さんに父が苦笑しながら「いやまだ嫁に出してないし」と嘆く。

二人のやりとりに笑っていると、大起さんが立ち上がった。

「やれることは多分あまりないけど、手伝うよ」

「ふふっ、その気持ちがありがたいです」

「結婚したら共働きだしね。まずは凌さんの手伝いから始めるとするよ」

洗濯すら苦手でクリーニングに出していた人なのに、この変わりよう。

「なんか、変わりぶりが怖いなあ。あんまり急に無理しないほうがいいよ？」

「いやいや。神に仕える巫女を嫁にもらうんだから、これくらいはやらないとね」

仲井戸さんが柔らかく微笑んだ。

「大げさな……」

「じゃないと怒られるからね、神様に」

クスクス笑いながら二人で一緒にキッチンに向かう。

こんな些細(ささい)なことだけで幸せを感じずにはいられない、恋ってやっぱりすごい。

本当に神様が私に、仲井戸さんというご褒美をくれたのかもしれない。……なんて、都合よく考えすぎかな？

キッチンで私の隣に立っている彼を見つめながら、こっそり幸せを噛みしめる、私なのだった。

あとがき

今作は前作の「一途なボディガードは極上男子」と同じ世界観で、前作のキャラもちょこちょこ出てくるような作品となりました。ヒロインは神社の娘という設定です。過去作ではヒーローが僧侶、なんていう話も書いたことがあるくらい私は神社仏閣が大好きで、いつか神社がらみのお話を書いてみたいな~とぼんやり思っていたので念願叶って嬉しいです。

ヒロインの実家に関しては、私の住む辺りでたまに結婚式を行っている小さなお社がいくつかあるので、そういったところを参考にしてみました。

ヒーローの仲井戸は秘書だし、石内みたいなキャラとは正反対がいいかな？ と考えた結果、あんな感じに仕上がりました。あんまりクールだとなにを考えているかわかりにくいので結構強引に喋らせましたが、おそらく凌以外にはあんなに話さないのではないかと思っています。

今作の表紙イラストは芦原モカ先生が担当してくださいました。以前も別レーベルで担当していただいたことがあるのですが、本当にいつも見惚れてしまうほど素敵なイラストを描いてくださるので、毎度うっとりしてしまいます。芦原先生、素敵なイラストをありがとうございました!!

お世話になっている担当様、版元の担当様、そして素敵な装丁を考えてくださったデザイナー様をはじめ、この本に関わってくださった方皆様に心からのお礼を申し上げます。

そしてこの本を手にしてくださっている読者様へ。最後まで読んでくださりありがとうございました。二〇二二年は体調のこともあり少し書くことをお休みしていました。商業でお仕事をするようになってから初めてのまとまったお休みでしたが、過ぎてみると本当にあっという間で、あれ、私休んだっけ？　みたいな錯覚に陥りそうになりました。でも、休んだお陰で実際体調もだいぶ良くなったので、やはり休みは必要だったな、と改めて思いました。

体調が良くなって創作意欲も出てきたので、また楽しんでもらえるようなお話が書けるよう、頑張ります。

これからもどうぞよろしくお願いいたします。

加地アヤメ